Joachim Felix Hornung

Satyendra,
eine Erzählung von Liebe,
Reinkarnation und Schamanismus

Die vergessene Welt

hinter den sichtbaren Dingen

Satyendra, eine Erzählung von Liebe, Reinkarnation & Schamanismus

Die vergessene Welt
hinter den sichtbaren Dingen

von Joachim Felix Hornung

Die Deutsche Nationalbibliothek verzeichnet diese Publikation in der Deutschen Nationalbibliografie; detaillierte bibliografische Daten sind im Internet über dnb.dnb.de abrufbar.

Herstellung und Verlag: BoD – Books on Demand, Norderstedt

ISBN   9783754324097

Satyendra, eine Erzählung von Liebe, Reinkarnation und Schamanismus

von Joachim Felix Hornung

Teil 1. Dajeela

01. Mein Großvater

02. Meine Familie

03. Dajeela, meine junge Frau

04. Dajeela's Tod

05. Das Leben geht weiter

06. Ein Besuch in der Stadt

07. Eine Fata Morgana

08. Der Kundschafter

09. Des Rätsels Lösung?

10. Ein Traum

Teil 2. Trommel und Bär

11. Krieg

12. Meine ältere Schwester

13. Wie kann ich helfen?

14. Der Heiler

15. Der Elefant

16. Trommel und Bär

17. Menschen

18. Deyla

Anlagen, vom Herausgeber hinzugefügt:

Anlage 1. Zur Terminologie

Anlage 2. Reinkarnation, gibt es die?

Anlage 3. Literaturverzeichnis Reinkarnationsforschung

Anlage 4. Literaturverzeichnis Schamanismus

Weitere Anmerkungen des Herausgebers in den Fußnoten.

Disclaimer am Ende des Textes.

www.mutual-mente.com,   Sonntag, 18. Juli 2021

JFH = Joachim Felix Hornung,

joachimhornung(.)gmx(.)de

II

Satyendra,

eine Erzählung von Liebe,

Reinkarnation & Schamanismus

Mein Name ist Satyendra, und ich will Euch meine Geschichte erzählen, die so erstaunlich ist, dass manche sie nicht glauben mögen, die sich jedoch so ereignete, wie ich sie Euch berichte.

Teil 1. Dajeela

01. Mein Großvater

Mein Großvater hatte die verschiedenen Völker unseres Landes vereinen können, als wir von gewalttätigen Horden aus dem Norden angegriffen wurden. Sie versuchten, unser Land zu erobern und auszurauben. Mit vereinten Kräften gelang es, die Angreifer zurückzuschlagen, wobei mein Großvater in der entscheidenden Schlacht unser Heer anführte und an vorderster Front mitkämpfte.

Als die Eindringlinge geschlagen und abgezogen waren und der Friede wieder hergestellt war, wurde mein Großvater als Held gefeiert, und die verschiedenen Völker, die gemeinsam gekämpft hatten, beschlossen, zusammen einen Staat zu bilden und meinen Großvater zu ihrem Rao, zu ihrem Fürsten zu bestimmen.

Mein Großvater tat nun nicht das, was man vielleicht hätte erwarten können: Er baute sich kein Schloss, er umgab sich nicht mit Glanz und Reichtum, nicht mit einem aufwendigen Hofstaat. Jedoch war das nicht immer so einfach für ihn, da die Menschen von ihm äußere Anzeichen seiner hohen Stellung

9

erwarteten. Dazu würden gehören: Eine entsprechende Kleidung, einen prächtigen Thron, wertvolle Möbel in einem prunkvollen Saal, in welchem er die Menschen empfing, umgeben von seinen Beratern, ein herrschaftliches Anwesen, und, was ihn selbst betraf, ein würdevolles Gehabe.

All das lag ihm völlig fern. Er liebte ein einfaches Leben, aß zusammen mit seiner Familie und den Angestellten die einfachen Speisen vom Lande, die er für die gesündesten hielt, und half auch selbst mit in der Küche und auf dem Felde. Sein Fürstenhof war mehr ein Bauernhof, doch waren alle Gebäude bestens in Stand gehalten und schön gestrichen, mit Blumen geschmückt und von wundervollen Gärten umgeben. Es war auch tatsächlich ein Bauernhof mit Pferden, Eseln, Kühen, Ziegen, Schafen, Hühnern, Hunden, Katzen und Mäusen. Um den Hof herum wurde Landwirtschaft betrieben, von Gemüsegärten bis zu Getreidefeldern. Mein Großvater pflegte zu sagen: „Die Sonne, der Regen und die Erde sind unser Lebensquell; mit ihnen sollten wir immer verbunden sein."

Seine Aufgabe als Fürst eines großen Landes erfüllte er mit Hingabe und mit Liebe zu den Menschen. Er empfing Besucher aus vielerlei Anlässen aus den verschiedensten Gegenden, manchmal auch Unangemeldete, bereiste aber auch selbst das Land.

In dem Staat, den er nun leitete, lebten die unterschiedlichsten Menschen mit verschiedenen Sprachen, Glaubensformen, Festen, Anbauweisen, Heilweisen, Arten sich zu kleiden, Sitten und Gebräuchen. Mein Großvater legte großen Wert darauf, dass diese ganz unterschiedlichen Lebensformen geachtet und ungehindert ausgeübt werden konnten, und dass nie-

10

mand daherkomme und es besser wisse, was man essen soll, was man glauben soll, wie man heilen soll.

Die Anhänger eines Barfußpredigers, der vor 1000 Jahren in der Levante lebte, die bei uns missionieren wollen, sind nicht gern gesehen und finden keine Anhänger. Die Fremden wollen unseren Geist brechen.

02. Meine Familie

Mein Vater hatte die Fürsten-Würde von meinem Großvater geerbt. Er ist aber von ganz anderer Natur als jener.

Meinen Großvater hatte ich nur wenig gekannt, weil er starb, als ich sechs Jahre alt war. So stammt das meiste dessen, was ich hier von ihm aufschreibe, aus Erzählungen in der Familie.

Dass mein Vater meinem Großvater nachfolgen würde, war so selbstverständlich gewesen, dass niemand dies in Frage stellte, und mein Vater auch wie selbstverständlich diese Bürde auf sich nahm. Doch er ist in Vielem ganz anders als mein Großvater. Zum Beispiel ist er alles andere als ein Feldherr. Er ist den Künsten zugetan, der Musik, der Malerei, schönen Skulpturen, dem Theater, und vor allem der Literatur.

Mein Vater besitzt eine schöne Bibliothek, was schon heraussticht, da viele Menschen in der Umgebung weder lesen noch schreiben können und sich häufig auf ihre Muttersprache beschränken. Das führt oft zu Verständigungs-Problemen, denn es werden in unserem Lande viele verschiedene Sprachen gesprochen, die manchmal einander ähnlich, oft aber auch einander unähnlich sind. Und für die Menschen, die lesen und schreiben können, gibt es für die verschiedenen Sprachen auch noch ganz unterschiedliche Schriften.

Glücklicherweise hindert das nicht den Zusammenhalt der verschiedenen Volksgruppen, denn der Schreck und die Angst nach dem Überfall der Heerscharen aus dem Norden sitzen immer noch so tief, dass alle sich als eine große Verteidigungs-Gemeinschaft fühlen.

Daher stärkt mein Vater den Willen und die Bereitschaft der Menschen, das Land zu verteidigen, wo er nur kann, obwohl er selbst nicht das Geringste von einem Kriegsherrn hat. So sorgt er dafür, dass junge Männer eine gute Ausbildung als Kämpfer bekommen, dass gute Waffen hergestellt und verfügbar gemacht werden, dass die Krieger, die die große Schlacht noch mitgemacht hatten, das höchste Ansehen genießen, und dass auch deren Schüler und Nachfolger ein gutes Auskommen haben und im Volke geachtet werden.

Wie wünschte er sich nun die Ausbildung seines Sohnes? Im Alter von 12 Jahren, als ich bereits lesen und schreiben konnte, schon ein wenig geübt war im Tabla-Spiel [1] und im Bogen-Schießen, schickte er mich bis zum Alter von 18 Jahren in ein angesehenes Kloster, wo ich zu allererst die Zurückhaltung und Selbstbeherrschung des Klosterlebens erlernte, ja, auch dazu gezwungen wurde. Das war hart für einen stolzen jungen Heranwachsenden.

Zudem erhielt ich eine strenge und umfängliche Ausbildung in den Kampfeskünsten, was solche Gebiete umfasste wie

---

[1] Tabla = Zwei klassische unterschiedliche Trommeln, die mit je einer Hand gespielt werden

Waffenkunde und Waffengebrauch, Kampf Mann gegen Mann und Einheit gegen Einheit, Reiten, Strategie und Taktik in Schlachten, im Kampf mit und gegen Elefanten.

Zudem wurde ich im Sanskrit unterrichtet, was meinem Vater wichtig war, weil dieses im ganzen Lande zumindest von den Gebildeten, den Gelehrten und stets von den Priestern und Mönchen gelesen, verstanden und gesprochen wird. (In einigen Gegenden wird es auch als Muttersprache gesprochen.) Und sogar in den Nachbarländern kann man sich mit Sanskrit bisweilen verständigen.

Schließlich hatte ich im Kloster auch Gelegenheit, mein Lieblings-Instrument, die traditionelle Tabla, zu spielen, was dann zu kleinen Auftritten gemeinsam mit einem Santur-Spieler und mit einer Tambura-Spielerin führte. [2], [3]

Während ich die Kampfeskünste mit Leidenschaft betrieb und mein Körper bestens im Zweikampf geübt war, hatte ich mit dem Sanskrit so meine Schwierigkeiten: Diese seltsamen Laute, diese vielen verschiedenen Formen der einzelnen Wörter, der schwierige Satzbau; all das ließ mich wünschen: Hätte ich Sanskrit doch bloß als Muttersprache gelernt! Auch lernten wir, Sanskrit in schöner Schrift zu schreiben, was mir viel Freude bereitete; warum, kann ich dir nicht sagen. Sanskrit wird in einer Schrift geschrieben, die Devanagari heißt; in unserem Lande gibt es mindestens sechs verschieden Schriften, in die sich noch mehr Sprachen teilen müssen. Auch heute noch

---

[2] Santur = vielsaitiges Saiteninstrument, welches mit Klöppeln geschlagen wird.

[3] Tambura = obertonreiches Saiteninstrument mit 4 oder 5 Saiten, zur Begleitung.

nehme ich jede Gelegenheit wahr, Sanskrit zu hören, bei Vorträgen, Theater-Aufführungen und religiösen Feiern, und wenn ich mich nicht blamieren kann, spreche ich dann auch schlecht und recht mein eigenes Sanskrit. Mein Vater liest Sanskrit ohne Schwierigkeiten, spricht es aber kaum, und wünscht sich einen Sohn, der es besser macht.

Mein bester Freund im Kloster war Ganesh, gleichaltrig, aus einer Brahmanen-Familie stammend. Wir waren ein Herz und eine Seele, obwohl wir sehr verschiedene Menschen sind. Er ist sehr fleißig, – im Gegensatz zu mir – spricht fließend Sanskrit, studiert bis spät in die Nacht, ist aber auch ein guter Kämpfer, so dass wir, er und ich, bei Gelegenheiten kleine Kostproben des kunstvollen Zweikampfes zum Besten geben konnten.

Ganesh war mir auch deshalb ein so lieber Freund, weil ich keine Brüder habe und mein Vater zu verschlossen ist, um ein guter Freund zu sein. Als wir beide das Kloster verließen, fiel es uns schwer, uns voneinander zu trennen, und wir versprachen uns ein Wiedersehen. –

Mit 18 Jahren kehrte ich nach Hause zurück, musste mich erst eingewöhnen, und werde jetzt nach und nach auf meine Rolle als Nachfolger meines Vaters vorbereitet.

Und wie froh bin ich, wieder der Sohn meiner Mutter sein zu können, die ich von Herzen liebe, und die mich liebt und verwöhnt. Mein Vater ist deswegen schon ein wenig eifersüchtig, kann sich jedoch nicht weiter damit befassen, da er kein Familienmensch ist und sich um das Land und dessen Bewohner kümmern muss.

Meine Mutter stammt aus einer Bauern-Familie, ist mit dem Boden, den Pflanze und den Tieren aufgewachsen und bildet so den Gegenpol zu meinem nach dem Verstande ausgerichteten Vater. Es ist erstaunlich und schön zu sehen, wie zwei so verschiedene Menschen so liebevoll und erfolgreich miteinander leben können.

Mein Großvater war mit der Wahl meines Vaters sehr einverstanden, als der ihm meine Mutter vorstellte, denn so sehr war es meinem Großvater bewusst, dass wir alle von der Scholle leben.

Meine Mutter ist die Seele des Hofes, kümmert sich um alles und jeden, ist Bäuerin, Chef-Köchin, Bäckermeisterin, Verwalterin, Mutter, Ehefrau, Finanzministerin, Gastgeberin, Herrscherin, Schlichterin, Trösterin.

Das alles half ihr ein wenig darüber hinweg, dass sie für sechs Jahre auf ihren einzigen Sohn verzichten musste, der ihr das gab, was ihr mein Vater nicht geben konnte.

Meine Rolle in der Familie wird mir erst nach und nach bewusst, seit ich wieder zu Hause bin, und ich bemühe mich, meiner Mutter den verlorenen Sohn zurückzubringen, es allen recht zu machen, mich selbst zu finden, und mich gründlich auf meine große Aufgabe vorzubereiten. Es bleibt mir dabei nicht viel Zeit zum Nachdenken, denn ich fange an, meinen Vater auf seinen Reisen zu begleiten, auch bei seinen Besprechungen mit angereisten Ratsuchenden und Statthaltern anwesend zu sein, und ihm bereits kleinere Aufgaben abzunehmen.

Ich mache mir Sorgen darüber, wie meine beiden Schwestern, die beide jünger sind als ich, ihr Leben einmal gestalten werden, haben sie doch wenige gesellschaftliche Begegnungen, in denen sie selbst eine aktive Rolle spielen können. Sie sehen zwar viele Menschen, solche, die uns besuchen kommen, oft von weit her, was den Blick meiner Schwestern für die Welt erweitert. Jedoch beschränken sich diese Begegnungen auf kurze Begrüßungen und dankende Abschiede; ansonsten helfen meine Schwestern meiner Mutter bei der Bewirtung und Beherbergung der Gäste und erscheinen so eher in der Rolle von Bediensteten als in der Rolle der Fürstentöchter. Und die Prinzen, die um ihre Hand anhalten, kommen auch nicht täglich vorbei. Ich werde mir etwas einfallen lassen müssen.

Meine Beziehung zu meinen beiden Schwestern ist innerhalb der Familie liebevoll von beiden Seiten. Ihre Stellung an einem Fürstenhofe und zu mir als künftigem Regenten ist aber ungeklärt.

Um es einmal deutlich zu sagen, habe ich das Gefühl, dass meine beiden Schwestern sich am liebsten unter den Flügeln der Glucke Mutter verbergen, und sich keineswegs darüber klar sind, welchen Part sie am Fürstenhofe einmal spielen wollen und werden. Oder werden sie den Hof verlassen? Letztlich wird das ihre eigene Entscheidung sein, und sie sollten auf alle Möglichkeiten so gut wie möglich vorbereitet sein. Ich werde nicht nur für unser Land, sondern auch für meine Familie da sein und Verantwortung übernehmen.

3. Dajeela, meine junge Frau

Wir sahen uns zum ersten Male am Abend vor der Feier der Tag-und-Nacht-Gleiche im Frühjahr. Es war Liebe auf den ersten Blick.

16

Als Dajeela [4] mich sieht, läuft sie auf mich zu, schmiegt sich an mich und schluchzt. Als ich sie sehe, ist es so eine Mischung aus Erschrecken, Staunen, Erleben eines Wunders, ein Gefühl ohne Grenzen.

Wir sprechen zuerst gar nichts, wechseln dann ein paar höfliche Worte, um unter den Umstehenden nicht allzu sehr aufzufallen, verabschieden uns schließlich artig, und sehen uns erst am nächsten Tage wieder.

An einen ruhigen Schlaf ist nicht zu denken. Zwischen Traum, Halbschlaf und Wach-Sein kann ich nicht mehr unterscheiden. Meine Gedanken und Vorstellungen bewegen sich nur noch um sie, um die Kräfte, die uns begegnen ließen, um die Gründe und Ursachen, um die Frage: ‚Eine Zukunft mit ihr?‘

Mein Vater hatte ihren Vater zu einem Treffen eingeladen, bei dem es um die Vermessung des Landes um unseren Hof herum ging, da eine neue Einteilung von Wiesen und Äckern geplant war und ganz besonders eine Verbesserung der Zuleitung und Ableitung von Wasser. Es ist für die Menschen in unserem Lande und auch für uns selbst eine große Aufgabe, mit den Unterschieden zwischen der Trockenzeit und der Monsun-Zeit fertig zu werden und so die Landwirtschaft ertragreich zu gestalten.

---

[4] Indische Namen werden weltweit englisch geschrieben und ausgesprochen. Aussprache von Dajeela:
j wie das J in James, ee = langes i, Ton auf dem langen i,
Aussprache von Baloo: oo = langes u, Ton auf dem langen u.

17

Dajeela's Vater wurde auf seiner Reise zu uns von seiner Frau, Dajeela's Mutter, und von Dajeela selbst begleitet.

Am nächsten Tage: Da die beiden Väter beschäftigt sind und meine Mutter mit Vorbereitungen für den Abend ausgefüllt ist, können die beiden Frauen sich mit mir ausführlich unterhalten. Sie wollen genauer wissen, wer und wie ich bin, was ich treibe und was ich gelernt habe, und ich berichte ihnen freimütig.

Dajeela hört aufmerksam zu, ist aber selbst recht zurückhaltend, so dass ich über sie mehr durch ihre Mutter erfahre als von ihr selbst. Dajeela war bei ihren Eltern aufgewachsen, welche in einem westlichen Teil unseres Landes wohnen; der Vater ist mit Vermessungen und Planungen für die Landschaftsgestaltung beschäftigt, während die Mutter das Haus verwaltet und die große Familie zusammenhält, sich außerdem ums Geld kümmert, zu welchem der Vater kein Verhältnis hat. Zudem liebt die Mutter Musik, Gesang und Tanz, war als junge Frau selbst Tänzerin, und hat diese ihre Leidenschaft auf ihre Tochter Dajeela übertragen.

Dajeela selbst tanzt gerne, meist zusammen mit Freundinnen, vor allem auf Festen. Auch spielt sie die althergebrachte Santur und singt auch bei Gelegenheiten wie etwa bei religiösen Feiern. Das konnte ich nur sehr bewundern, hatte ich doch keinerlei musikalische Ausbildung, außer ein wenig die Tabla zu spielen.

Die Sprache Dajeela's Eltern und auch ihrer selbst ist eine andere als die unsere, ihrer Heimat im Westen entsprechend, und sie geben sich große Mühe, unsere Sprache so gut wie möglich zu sprechen; es bleibt aber immer eine Färbung, die ich sehr mag. Dajeela lächelt mich dabei an, wenn sie einen etwas schwierigeren Satz in unserer Sprache zu formulieren sucht.

Bei all dem habe ich reichlich Gelegenheit, Dajeela zu beobachten, wohl bedacht, sie nicht anzustarren. Aber es sind nicht eigentlich Äußerlichkeiten, die mich so zu ihr hinziehen; es ist etwas anderes, was ich nicht in Worte fassen kann. Es ist nicht ihr Körper, der mich als Mann anzieht, so wie ich es von Begegnungen mit anderen jungen Mädchen her kenne. Es sind nicht ihre Kleider und der Schmuck, den sie trägt, es sind auch nicht ihre wunderschönen Haare. Es ist etwas, das ich so noch nie empfunden habe. Und ich würde niemandem sagen können, was es ist.

Bei dieser ersten Begegnung ist Dajeela 16 Jahre alt und ich bin 23, und Dajeela hat heute, am Tage der Tag- und Nacht-Gleiche, Geburtstag. Das stellt sich erst jetzt heraus, und wir werden es zusammen mit dem Fest, welches sowieso für heute Abend geplant war, feiern können. Das Fest ist auch der Grund, dass meine Mutter, zusammen mit Helferinnen und Helfern, so beschäftigt ist, dass sie bei der Begegnung mit den beiden Frauen nicht dabei sein können. Seltsamerweise hat meine Mutter mich von der Mithilfe freigestellt, und ich frage mich schon: Warum? Ja, sicherlich muss sich jemand um die Besucherinnen kümmern.

Als Dajeela's Mutter schließlich in die Küche geht, um nachzuschauen, was sich dort tut, um vielleicht zu helfen, haben wir beide Gelegenheit, zu zweit zu sein. Und wir schwätzen nicht, wir schweigen, sehen uns lange in die Augen und umarmen uns für eine Ewigkeit. Es ist ein Gefühl von solcher Stärke, von solcher Innigkeit, wie ich es nicht kenne, und wenn ich nicht in so guter körperlicher Verfassung wäre, wäre ich in Ohnmacht gefallen – denke ich.

Für kurze Zeit nehmen wir uns bei der Hand, als wir zu den anderen schlendern, lassen uns dann aber los, ehe wir dort ankommen, und tun so, als wäre nichts.

Am Abend bei der Feier aus zwei Anlässen lerne ich Dajeela von ihrer musischen Seite her kennen. Es sind Musiker aus der Umgebung eingeladen, und als sie sehen, dass Dajeela Lust hat zu tanzen, spielen sie ihr auf, und es ist zwischen ihnen und Dajeela ein Geben und Nehmen. Mit allem Genuss kann ich ihr zuschauen, ohne in meiner Bewunderung auf irgend jemanden Rücksicht nehmen zu müssen.

Für den nächsten Tag ist die Abreise von Dajeela's Eltern und ihrer selbst geplant; da jedoch jeder sieht, dass sie ihren Prinzen und ich meine Prinzessin gefunden haben, findet man reichliche Gründe zu bleiben, die Gastfreundschaft meiner Eltern zu genießen und zu loben.

So ergeben sich allerlei Gelegenheiten, uns und so manche unserer Stärken und Schwächen kennenzulernen und die Gewissheit unserer Zuneigung zu erfahren.

Als nun aber die Abreise doch ansteht, finden wir eine Form, unsere heimliche Verlobung im kleinen Kreise zu feiern, denn eine förmliche Verlobung des zukünftigen Prinzen hätte einen großen Aufwand, eine längere Zeit der Vorbereitung erfordert.

Uns ist bewusst, dass die Entfernung bis zur Heimat meiner Dajeela uns vor einige Schwierigkeiten stellen würde. Und,
nicht ganz deutlich ausgesprochen, steht der verschmitzte
Wunsch im Raume: Sollen die beiden doch erst einmal sehen,
ob die Liebe auch der Entfernung standhält.

Trotz des Trennungsschmerzes sind wir beide doch sehr
froh, dass unser beider Eltern offenbar mit unserer Wahl einverstanden waren. Ja, wir haben das Gefühl, dass auch alle vier
der Meinung sind, dass wir für einander bestimmt sind.

04. Dajeela's Tod

Dajeela und ich hatten geheiratet; wir leben jetzt gemeinsam
auf dem Hofe meiner Eltern in einem kleinen Hause. Dajeela
singt und tanzt und spielt Santur bei jeder Gelegenheit, ist mir
eine liebende Ehefrau, und gebiert uns einen kleinen Sohn,
BALOO, einen kleinen Bären.

Zudem kann sie mit ihren Sprachkenntnissen aushelfen,
wenn wir Besucher haben, die von weither anreisen, oder wenn
wir Briefe schreiben wollen an Empfänger, die eine andere
Sprache sprechen. Dajeela spricht neben ihrer Muttersprache
einige Sprachen recht gut und einige andere einigermaßen,
kann sich aber auch einiges zusammenreimen, da manche
Sprachen in unserem Lande miteinander verwandt sind.

Dajeela unterrichtet meine beiden kleinen Schwestern im
Tanze, wobei ein Nachbars-Junge aufspielt; er kann schon ein
klein wenig Santur spielen und erlernt es jetzt noch besser unter Dajeela's Anleitung. –

Dajeela ist die Liebe meines Lebens, meine Göttin, meine Freude, mein Glück. Sie ist mir ein Ansporn und eine Hilfe, meine Lektionen als zukünftiger Lenker eines großen Landes zu erlernen. Da auch meine Eltern sie liebevoll als ihre Tochter annehmen, macht sie die ganze Familie reicher. –

Die Arbeit, die mich fordert, in die Fußstapfen meines Vaters und meines Großvaters zu treten, lässt mir wenig Zeit zum Nachdenken. Manchmal jedoch, wenn ich allein bin, scheint mir die Aufgabe, vor der ich stehe, zu groß zu sein, und es kommen mir Zweifel, ob ich es schaffen werde. Mein Vater allerdings ist mit meiner Arbeit zufrieden, und ich gebe mir große Mühe.

Bisweilen kommen mir Zweifel an der Zukunft. Unser Land besteht als eine Einheit erst seit der großen Schlacht, und ich werde es in dritter Generation leiten. Wie lange wird es bestehen bleiben? Die Geschichte lehrt, dass nichts von Dauer ist; auch unser Land wird nicht für immer so blühen wie jetzt. Ja, auf längere Sicht wird es gewaltige Umwälzungen geben, und welche Rolle spielt ein kleiner Mensch wie ich in diesem großen Welttheater?

Einerseits ist mir eine wichtige, führende Aufgabe zuge-dacht, andererseits fühle ich mich ohnmächtig dem Mühlrad der Zeit gegenüber. – Und welchen Part hat Dajeela in diesem Stück?

Dann verschwinden diese trüben Gedanken wieder, und die Geschäfte des Tages greifen erneut Platz. Die Menschen erwarten von mir Führung, nicht Zweifel.

*****

Als unser kleiner Sohn Baloo zwei Jahre alt ist, wird Dajeela von einer Schlange in die große Zehe gebissen. Sie fällt in Ohnmacht, zeigt Krämpfe und hohes Fieber, und sieht zum Erschrecken aus. Wir rufen sofort einen Heiler und einen Priester-Mönch herbei, was allerdings einige Zeit in Anspruch nimmt, da diese ein wenig entfernt wohnen. Beide kommen etwa zu gleicher Zeit bei uns an und zeigen sich sehr besorgt.

Der Heiler hat ein Gegengift mitgebracht, welches sich schon bei vielen Schlangenbissen bewährt hatte, doch wir wissen nicht, welche Art von Schlange zugebissen hat, und so ist es nicht sicher, ob das Gegengift wirken wird.

Tatsächlich wirkt es nicht; Dajeela wird jedoch etwas ruhiger, vielleicht aufgrund einer Salbe, die der Heiler auf ihre Haut aufträgt, und aufgrund von Tropfen einer Flüssigkeit, die er ihr in den Mund träufelt. Zudem führt er seine Rituale aus mit Kräutern, Steinen, Muscheln, Rasseln, Klang und Gesang, und wir warten besorgt auf deren Wirkungen.

Der Priester-Mönch zündet Kerzen an, beginnt mit seinen Gebeten und benetzt Dajeela's Stirn mit heiligem Wasser. Die Gebete spricht er auf Sanskrit, und ich verstehe, dass er nicht um eine Genesung Dajeela's bittet, sondern um einen guten Übergang in eine andere Welt. – Auch der Heiler zeigt wenig Hoffnung, ihr helfen zu können. Dajeela wird aber jetzt ganz ruhig und blass und verbleibt in ihrer Ohnmacht.

Als ich in der Nacht bei ihr wache, schlägt Dajeela kurz die Augen auf, sieht mich mit großen Augen an und spricht leise, fast unhörbar: „Ich muss jetzt gehen, mein Geliebter. Wir

23

werden uns bald wiedersehen. Und pass gut auf unseren kleinen Engel auf."

Dann schließt sie die Augen und fällt wieder in eine tiefe Ohnmacht. –

Für drei Tage und drei Nächte bleibt Dajeela in ihrer Ohnmacht, bewegt sich nicht, hat keinen spürbaren Pulsschlag und keinen merklichen Atem. Dann jedoch, am Morgen des Tages der Tag-und-Nacht-Gleiche, an ihrem 20. Geburtstag, verstirbt sie, mit einem Lächeln auf ihrem Gesicht, wie ich finde.

Ich verspreche ihr am Sterbebett, nie wieder eine andere Frau zu lieben. –

„Wir werden uns BALD wiedersehen." Was bedeutete dieses BALD? Werde ich BALD sterben, und wir sehen uns in einer anderen Welt wieder? –

Die Schlange haben wir nicht gefunden. Wir müssen sie unbedingt suchen, auch wegen meiner Schwestern und aller anderen. –

Ich bin für Tage wie benommen, reagiere auf Ansprache verständnislos, schlafe unruhig und sehe Dajeela und Engel in meinen Träumen und Tagträumen.

05. Das Leben geht weiter

Meine Mutter nimmt mich in die Arme und schweigend tröstet sie mich. Bei ihr darf ich weinen, und manchmal weinen wir auch gemeinsam. Hier zeigt sie ihre weiche Seite, im Gegensatz zu ihrer Herrschaft über den Hof als Mater Domus.

Meine Mutter ist der ruhende Pol in ihrer geschäftigen Welt, und es ist mir eine tiefe Beruhigung, sie im Hintergrund und bei Bedarf auch ganz nahe bei mir zu wissen.

*****

Mein Vater ist sehr streng zu mir. Er verlangt Hilfe, Fleiß und Aufmerksamkeit. Das hilft mir bei der Bewältigung meines Schmerzes, und die Schulung zur Selbstbeherrschung im Kloster kommt mir zugute.

Mein Vater zieht sich nach und nach von seinen Aufgaben als Regent unseres großen Landes zurück und überträgt mir mehr und mehr Pflichten. Er bleibt sich aber seiner Verantwortung für das Gemeinwohl bewusst und schafft einen harmonischen Ausgleich zwischen seiner eigenen Verantwortlichkeit und meinen selbständigen Entscheidungen, zu denen er mich ermutigt.

So übe ich mich in Selbstbewusstsein und Selbständigkeit, kann aber auch jederzeit Rat beim Vater finden, wenn ich ihn brauche.

Mein Vater verbringt viel Zeit bei den Bauern auf den Feldern und legt auch selbst mit Hand an, so wie es Großvater ihn gelehrt hatte. Zudem ist er oft in seinem Studierzimmer zu finden, wo er sich zwischen seinen Büchern vergräbt.

Bei hohem Besuch hingegen ist er selbstverständlich zugegen, lässt aber auch immer deutlich werden, dass er mir schon eine Reihe wichtiger Entscheidungen übertragen hat.

*****

Ganesh teilte mir in einem Brief mit, dass er kein Zuhause mehr habe: Sein Vater sei verstorben, seine Mutter habe einen anderen Mann geheiratet, seine Geschwister leben ihr eigenes Leben, und er fühlt sich alleingelassen. Ohne zu zögern, lade ich ihn ein, zu uns zu kommen, ohne jedoch genauere Pläne zu haben. Ganesh reist zu uns, lebt sich schnell bei uns ein, ist jeder und jedem behilflich, und ist alsbald ein Teil unserer Familie.

Mein Vater freundet sich sofort mit Ganesh an, kann er sich doch mit ihm in den Nächten über alte Literatur und Geschichte unterhalten. Zudem sucht er im Gespräch mit Ganesh, sein Sanskrit zu verbessern.

Ich selbst freue mich mächtig, einen männlichen Freund an meiner Seite zu haben, mit ihm die Kampfeskünste zu erproben, mit ihm zu musizieren und meinen Schwestern zum Tanz aufzuspielen.

Das wiederum gefällt meinem Vater, da wir uns bemühen, gute Musik zu spielen und klassische Tänze zu tanzen. Wenn wir mehr Zeit hätten, würden wir gerne einen Lehrer für Musik und eine Lehrerin für klassischen Tanz anstellen.

Was mir ganz besonders gefällt: Ganesh stammt aus derselben Gegend wie Dajeela und spricht unsere Sprache mit einem ähnlichen Tonfall wie Dajeela es tat.

06. Ein Besuch in der Stadt

Eines Tages habe ich ausnahmsweise nicht viel zu tun, und so beschließe ich, einmal aus dem Hamsterrad auszusteigen und einen Gang in die Stadt zu unternehmen. Wir haben in unserem

Lande nur kleine Städte, nicht so große, von denen man hört, die es in anderen Ländern geben soll.

Unsere kleinen Städte haben immer eine enge Verbindung zu dem umgebenden Lande, zu den Bauern, Förstern, Jägern und Handwerkern rundherum. Die Städte bekommen das, was in der Umgebung erwirtschaftet wird, und sie liefern das hinaus, was sie selbst an Kleidung, Schuhen, Werkzeug, Farben usw. herstellen können und was dort benötigt wird. So ist es ein ständiges Geben und Nehmen zu aller Nutzen in gegenseitiger Achtung und Wertschätzung.

Die großen Städte anderswo, von denen man hört, haben jedoch ein Eigenleben entfaltet, welches nur für sich selbst da ist. Das umliegende Land wird mehr benutzt als versorgt, und wenig geachtet. In den großen Städten gibt es, dem Hören-Sagen nach, Reiche und Arme, was wir hier weder auf dem Lande noch in unseren kleinen Städten kennen.

Ich beschließe also, die nächstgelegene Stadt zu besuchen. Ich verkleide mich als ganz gewöhnlicher Landbewohner, bitte meine beiden Schwestern, das gleiche zu tun, und wir machen uns auf den Weg. Wir würden nicht weiter auffallen, da oft Leute vom Lande in die Stadt fahren, um das dortige Leben anzuschauen, aber auch, um dort nützliche und weniger nützliche Sachen einzukaufen. – Meine Schwestern sind ausgelassener Stimmung, freuen sie sich doch darauf, sich das eine oder andere, was junge Damen so zu brauchen glauben, erheischen zu können, da ich vermutlich etwas Geld in der Tasche habe, und die beiden vielleicht auch etwas Eigenes.

Wir durchstreifen den Bazar, in dem ein Geschäft neben dem anderen liegt, sehen uns die Menschen und die Auslagen an, manches ist da zu sehen, was in unserem Alltag nicht vorkommt. Wir schauen uns an, wie die Menschen gekleidet sind, wie sie sich verhalten, woher sie wohl kommen mögen, wie die Waren angeboten werden, und wie um die Preise gefeilscht wird.

Wir kaufen auch einiges ein, die jungen Damen für ihre Freundinnen und für sich selbst, ich kaufe kleine Geschenke für Mutter und Vater und eine Lupe für mich selbst.

Dann kommen wir an einem kleinen Lädchen vorbei, dessen Auslagen uns verwundern. Es sind Devotionalien, Gegenstände, die man für kleine Rituale und religiöse Zeremonien benötigt, wie z.B. Kerzen, Amulette, Rasseln und Zimbeln, Räucherwerk, besondere Kleider, Bücher, Karten für Weissagungen, Horoskope, Mandalas, Würfel, Parfüms, und einiges, was wir gar nicht einordnen können. Wir treten etwas unsicher ein, und meine Schwestern halten sich hinter mir zurück.

Wir werden von einer jungen Frau freundlich begrüßt, doch als sie mir mit einem kurzen Blick ins Antlitz sieht, zuckt sie zusammen, zieht ihren Sari über ihr Gesicht, und ist fortan zwar immer noch höflich, doch sehr zurückhaltend und verlegen.

Ich selbst bin bei ihrem Anblick fast erschrocken, sehr seltsam berührt, unsicher, kann aber ihr Gesicht nicht genauer betrachten, da sie es ziemlich verhüllt hält. Auch kann ich nicht genauer herausfinden, in welcher Weise sie spricht, denn sie spricht jetzt wenig und sehr leise.

Wir lassen uns einige Dinge zeigen und erklären, wobei die Verkäuferin mehr Gesten als Worte benutzt, meinen Schwestern auch etwas an den Arm hält oder in die Hand gibt, jedoch habe ich das Gefühl, dass das alles eine ungewöhnliche, wenn nicht gekünstelte Verständigung ist.

Eine meiner Schwestern kauft etwas Räucherwerk, die andere etwas, was vielleicht als Parfüm geeignet ist, ich selbst einen Talisman, den mehr die Verkäuferin für mich aussucht als ich selbst für mich; wir bezahlen und wir verlassen das Lädchen seltsam unsicher, wie uns dort geschah.

Nach dem Verlassen des Lädchens schaue ich mich noch einmal kurz um, vielleicht um unsere Eindrücke noch einmal zu überprüfen, vielleicht, um mir das Lädchen und seine Lage zu merken, vielleicht auch einfach aus einem Unverständnis heraus dafür, was sich gerade ereignete.

Ich bemerke, dass das Lädchen in einer Reihe anderer Läden liegt, die oberflächlich betrachtet einander ähnlich sind, aber ganz andere Auslagen haben, die mehr dem täglichen Bedarf genügen oder alltäglichen Vergnügungen. Der Laden rechts neben dem Lädchen, welches wir betreten hatten, ist allerdings geschlossen mit zugezogenen Fenstern so, dass man nicht erkennen kann, was dort vordem angeboten wurde.

Meine Schwestern und ich nehmen noch etwas zu uns, schauen uns noch ein wenig um, grüßen, wenn es passend scheint, die Vorbeigehenden, und machen uns dann auf den Heimweg.

07. Eine Fata Morgana?

Die junge Frau, die Verkäuferin, geht mir nicht mehr aus dem Sinn.

> Wieso war diese Begegnung so seltsam?
> Warum war sie so scheu gewesen?

Es gibt da etwas Besonderes, was ich nicht verstehe.

Statt dass diese Gedanken mit der Zeit verblassen,
– habe ich doch reichlich zu tun und zu bedenken –
bleiben sie drängend mit dem Wunsche, das Rätsel zu lösen
und die junge Frau wiederzusehen.

Ich gehe wieder in die Stadt, diesmal allein, heimlich, und anders verkleidet. Mein Gesicht schminke ich sorgfältig, klebe einen Bart an, der ziemlich echt aussieht, und erwarte gespannt, was sich ereignen wird.

In der Nacht zuvor schlafe ich schlecht, sehe im Traum abwechselnd Dajeela und die junge Verkäuferin.

Der Besuch bei der jungen Verkäuferin verläuft wieder sehr ähnlich wie beim ersten Mal. Sobald sie mich erblickt, verhüllt sie ihr Gesicht, spricht wenig und fast nur in einzelnen Worten, bleibt höflich distanziert, und ich bin so schlau wie zuvor.

Mir selbst geht es aber wieder so, dass ich ganz aufgeregt bin, nicht weiß, wie mir geschieht, ich sie am liebsten umarmen würde, und doch eine große Scheu habe.

Ich verstehe überhaupt nichts, bin verwirrt, kaufe ein paar Sachen, feilsche nicht um den Preis, und verlasse wie benom-

30

men das Geschäft. Der Laden rechts daneben ist immer noch geschlossen.

Nach Hause zurückgekehrt beschließe ich, etwas zu unternehmen. Ganesh wird mir helfen können. Ich beichte ihm mein Problem, er schaut verschmitzt aus seinen Augenwinkeln, und verspricht mir zu helfen. Aber was kann er tun?

Ganesh ist in der Stadt gänzlich unbekannt und kann eine beliebige Rolle spielen. So schlage ich ihm vor, den leer stehenden Laden nebenan zu pachten, wenn es möglich sei, um Erkundigungen einzuziehen.

Darf ich das? Ich zweifle.

Ich besuche eine alte Kartenlegerin, die ein Dorf weiter entfernt wohnt. Sie empfängt mich hilfsbereit, und ich deute ihr ohne viele Worte an, dass es sich um eine ganz persönliche Angelegenheit handelt, die niemanden etwas angeht. Sie ist einverstanden.

Ich schildere ihr meine Unsicherheit, Verwirrung, Zweifel, Wissbegier, Scheu, Angezogen-Sein, Betroffenheit, meinen Wunsch nach Aufklärung.

Die Kartenlegerin befragt ihre Karten, auch das Horoskop, und spricht:

„Mein Sohn Satyendra, es ist das Schicksal, welches hier wirkt. Es ist DEIN Schicksal.

– Du solltest dem Laufe der Dinge nicht widerstreben. –

Gehe den Weg, der sich dir eröffnet. Es gab so viele Zufälle, die keine Zufälle waren, so dass deutlich wird, dass höhere Mächte hier am Werke sind. Gehe deinen Weg, – doch die Entscheidung triffst du selbst."

Ich verabschiede mich, vielmals dankend, gebe jedoch kein Geld, denn das wäre eine Beleidigung. Ich werde ihr ein schönes Geschenk zukommen lassen.

08. Der Kundschafter

Bei einer günstigen Gelegenheit bespreche ich mit Ganesh meine Pläne. Er schaut immer noch etwas ungläubig, willigt jedoch gerne ein, da es mein Wunsch ist.

Es gelingt ihm, den leer stehenden Laden zu pachten, und da er sich als Sohn eines Brahmanen ausgibt, wird ihm bereitwillig auch Geld geliehen, um das Geschäft zu eröffnen. Natürlich hatte er wenig Geld, um keinen Verdacht zu erwecken.

Von den Nachbarn, auch von der Verkäuferin und deren Bruder, wird er herzlich empfangen, auch weil sie sich freuen, dass der Laden nebenan wieder betrieben wird.

Er sagte, dass er bisher noch keinen Laden geführt habe, jedoch eine Existenz in der Stadt suche, und fragte, welche Waren in der Umgebung noch nicht verkauft werden, aber wohl Kunden finden würden. Man empfiehlt ihm, einfache Musik-Instrumente für Kinder, und später, wenn die Geschäfte gut gehen, auch anspruchsvolle Instrumente für Erwachsene zu führen, denn so etwas gebe es in der Gegend noch nicht. Er könne ja auch noch Spielzeug hinzunehmen, um das Angebot zu erweitern.

Jetzt läuft das Ganze in eine Richtung, die wir gar nicht beabsichtigt hatten, denn Ganesh wollte ja nicht wirklich einen Laden führen.

Doch der Anfang ist gemacht, und Ganesh gewinnt das Vertrauen der Nachbarn und insbesondere das der Verkäuferin von Devotionalien und deren Bruder. Er berichtet mir:

Die Verkäuferin heißt Deyla und ist in der Stadt geboren und aufgewachsen. Sie ist ihm gegenüber unbefangen und gesprächig und zeigt ihm auch offen ihr Gesicht. (Er bringt mir eine Skizze mit, damit auch ich ihr Gesicht erkennen kann.)

Deyla spricht mit einem seltsamen Tonfall. Ganesh glaubt, in ihrer Aussprache so etwas wie seine eigene Muttersprache zu erkennen, und spricht sie in seiner Muttersprache an.

Er ist nicht wenig überrascht, als sie ihm fließend und ohne Fehler in seiner Muttersprache antwortet. Sie wundert sich offensichtlich auch selbst darüber und hält sofort den Mund. Sie sprechen nicht weiter über diese höchst seltsame Erscheinung. –

Von Deyla's Bruder erfährt Ganesh folgende Geschichte: Vor etwa zwei Jahren wurde Deyla sehr schwer krank, und man befürchtete, dass sie sterben würde. Sie lag drei Tage und drei Nächte in tiefer Bewusstlosigkeit, und man glaubte schon, sie sei gestorben.

Doch dann bewegte sie ein wenig ihre große Zehe, kam allmählich wieder zu sich, fand sich aber in ihrer Umgebung nicht zurecht und erkannte auch ihre Verwandten nicht.

Sie sprach in einer ihnen unverständlichen Sprache [5] und brauchte lange, bis sie sich im Hause auskannte, bis sie ihre

---

[5] Deyla kann, nach ihrem Lebenslauf zu urteilen, kaum je eine fremde Sprache erlernt haben, die von ihrer Familie nicht verstanden wird. Das Phänomen des Sprechens einer nie

Kleider fand und die anderen Räumlichkeiten, bis sie die Anwesenden erkannte und wiedererkannte.

Noch länger brauchte sie, bis sie ihre eigene Sprache wieder flüssig sprach, spricht sie jedoch bis heute in einem eigenartigen Tonfall, den man sich nicht erklären kann.

Obwohl es Deyla's Körper ist, haben die Angehörigen den Eindruck, dass sie eine andere Person sei. Oder sie ist verrückt geworden. Man zieht lieber keinen Heiler oder Magier zu Rate, um nicht die Familie in Verruf zu bringen.

Trotz allem nimmt die Familie Deyla liebevoll an, nimmt ihr eigenartiges Verhalten hin, und alle helfen ihr, wieder in diese Welt zu kommen, wo sie nur können. Trotzdem meinen sie bis heute, dass im Körper von Deyla eine andere Person lebt, da sie auch in ihrem Wesen sich ganz anders darbietet als früher. So liebt sie jetzt Musik und Tanz, was früher gar nicht der Fall gewesen war, zeigt sich an jedem Musikinstrument interessiert, welches sie irgendwo sieht, und fragt stets nach, wann wieder eine Tanzaufführung besucht werden könne.

Auffällig ist auch, dass sie sich öfter umsieht, so als suche oder erwarte sie jemanden, und dann den Blick enttäuscht wieder abwendet. Wenn man sie fragt, wie ihr denn zumute sei, antwortete sie nicht; man kann mit ihr nur über alltägliche Dinge sprechen, nicht aber über ihre Befindlichkeit oder ihren Kummer. Manchmal spricht sie auch in einer fremden Sprache vor sich hin, die aber von niemandem verstanden wird, bis Ganesh sie als seine eigene Muttersprache erkennt.

---

erlernten Sprache, Xenoglossie, ist, vor allem nach tiefen Ohnmachten, nicht selten, siehe Matlock [2017]

09. Des Rätsels Lösung?

Ganesh's Bericht erfüllt mich mit tausend Gedanken. Ich bitte ihn herauszufinden, wann denn genau Deyla im Koma lag und fast gestorben wäre. Ich bitte ihn, vielleicht auch andere Einzelheiten mitzubringen.

Es hat sich eine Spur ergeben, die so unglaublich scheint, dass ich mit niemanden darüber spreche. Ach ja, doch, ich besuche den alten Weisen Mann oben am Berg, der als Philosoph bekannt ist, und schildere ihm meine Vermutung.

Die Reinkarnation [6] ist bei uns geläufiges Wissen, und die Menschen machen immer wieder die Erfahrung, dass Verstorbene wiedergeboren werden, häufig sogar in die eigene Familie hinein. Doch _so_ etwas? Der alte Philosoph schaut nachdenklich in die Ferne und sagt:

„Mein lieber Sohn Satyendra, ja, so etwas hat es schon gegeben.[7] Es ist gar nicht so selten, wird aber meist nicht als das erkannt, was es wirklich ist. Die Betroffenen werden einfach für recht seltsam oder gar für verrückt gehalten. Nur in sehr seltenen, besonderen Fällen wird die verstorbene Person identifiziert, deren Seele sich einen neuen Körper gesucht hat.

Gehe hin und nimm es als etwas Seltenes, oft Unverstandenes, aber durchaus in Harmonie Befindliches mit der geistigen Welt, in der wir leben, von der wir für gewöhnlich nur einen schwachen Schatten erkennen."

---

[6] Eine ganz kurze Einführung in den Reinkarnations-Gedanken mit Literaturangaben findet sich in Anlagen 2 und 3.

[7] Eine kurze Erläuterung des Gedankens des Soul Replacement findet sich in Anlage 1.

Ich verabschiede mich sehr nachdenklich und bin entschlossen, der Sache weiter auf den Grund zu gehen.

*****

Ganesh fehlt mir sehr auf dem Hofe. Er ist mit seinem Lädchen beschäftigt, und um täglich hin- und herzufahren, ist der Weg zur Stadt zu weit. Will er sich dort mit dem Lädchen selbständig machen? Auf einmal steht alles in Frage.

Auch mache ich mir Gedanken, dass ich nicht mehr meinen Pflichten als Sohn und natürlicher Nachfolger des Fürsten gerecht werde. Nimmt mich doch die ganze Geschichte mit Dajeela und Deyla sehr gefangen. Mein Vater hat schon ungeduldige Blicke ausgesandt. Was kann ich tun, um dieser Zerrissenheit zu entkommen?

Zudem kommen mir viele Fragen bezüglich Dajeela. Hatte ich sie überhaupt gekannt? Sicherlich war es eine ganz außergewöhnliche Liebe gewesen, die mich zutiefst ergriffen hatte. Und Dajeela hat meine Liebe in vieler Weise erwidert. Aber wir haben niemals über ihre Gedanken, über ihre Sorgen und Nöte gesprochen. Auch wusste ich wenig über ihr früheres Leben in ihrer Heimat. Sie war einfach ein Engel, der herein geschwebt kam und stets ein Engel blieb. Und warum ist sie so früh gegangen??

Und was ist das mit Deyla??

*****

Ganesh kommt mit neuen Nachrichten: Deyla war sterbenskrank und fast gestorben in den 3 Tagen, als man die Tag-und-Nacht-Gleiche im Frühjahr vor zwei Jahren feiern wollte.

36

Und das war genau die Zeit, als Dajeela in der Bewusstlosigkeit lag!

Ganesh berichtet überdies, dass Deyla sich an ihr Leben als Dajeela erinnert; zwar nicht an die Zeit mit mir, aber an die Zeit in ihrer Heimat bei ihren Eltern. Sie kann aus dieser Zeit in der Muttersprache Dajeela's und Ganesh's erzählen und schwankt zwischen dem Bedürfnis, sich mitzuteilen, und der Sorge, schief angesehen zu werden. Es ist ihr eine Hilfe, dass Ganesh ihr so verständnisvoll zuhört.

Ich frage Ganesh, wie Deyla mit ihrem neuen Leben zurechtkommt. Ja, sie gibt sich die größte Mühe, in diesem Leben anzukommen. Sie führt auch den Laden weiter, unterstützt Ganesh bei seinen Geschäften, sucht nach Musik und Tanz, wo immer sie sie finden kann, tanzt aber selbst nur ein wenig zu Hause. Sie bemüht sich, nicht aufzufallen, was ihr einigermaßen gelingt.

Wenn man sie aber näher kennt, berichtet Ganesh, erkennt man ihre traurige Grundstimmung. Sie fühlt sich hier falsch angekommen, traut sich aber nicht, mit ihren Eltern, die sie als Dajeela hatte, in Verbindung zu treten. So wie wir alle nicht so richtig verstehen, was vorgefallen ist, geht es ihr als selbst Betroffene damit nicht besser. Sie fühlt sich nirgends zu Hause.

Ich frage mich, ob Deyla sich tatsächlich nicht an mich erinnert, oder ob sie nicht darüber sprechen will, da sie mich ja gesehen und doch wohl auch erkannt hat. Merkwürdig, dass sie Ganesh nicht durchschaut, oder: Nicht durchschauen will?

Viele, viele Fragen. – Und was mache ich nun damit?

Vergesse ich die ganze Geschichte? Denn ich habe genug zu tun. Oder nähere ich mich Deyla an? – Mit ungewissem Ausgang. Hatte ich Dajeela doch versprochen, … .

Lege ich meine Prinzenrolle nieder? – Zum Entsetzen aller.

Laufe ich einfach fort? – Wohin? – VERWIRRUNG

10. Ein Traum

In einem Traum erlebe ich mich als Mahout [8] und bin stolz wie ein König, wenn ich auf meinem Elefanten sitze. Ich bin mit eine jungen schönen Frau verheiratet, welche ich als Dajeela erkenne. Der Besitzer des Elefanten ist Ganesh, der sich in Dajeela verliebt und mit ihr schläft. Die Ehefrau Ganesh's, Deyla, ist so wütend, dass sie Dajeela ersticht.

Ich fliehe, mein Elefant ist auf einmal ein schnelles Pferd, und nach drei Tagesritten kommen wir an den Ganges, unseren heiligen Fluss. Ich komme bei einer armen Fischer-Familie unter und kann mein Pferd weiter halten, da es auf den Auen des Ganges genügend saftiges Futter findet. Ich verliebe mich in die Tochter, in der ich Dajeela erkenne, und werde von deren Eltern wie ein Sohn angenommen.

Ich erlerne das Fischer-Handwerk, und am Ufer des Flusses besucht uns täglich eine Bären-Familie mit Vater, Mutter und drei kleinen Kindern; eines davon ist Klein-Baloo, der mich mit einem dicken Schmatz begrüßt. Er will bei mir bleiben, und Mama- und Papa-Bär erlauben es, und Dajeela's El-

---

[8] Elefantenführer, der sein ganzes Leben mit dem Elefanten verbringt.

tern sind einverstanden, denn sie wollten nach der Tochter noch einen Sohn bekommen; nun ist es ein kleiner Bär geworden. Wir füttern die Bären mit Fischlein, die zu klein sind, um sie auf dem Markt verkauft zu werden.

Ich mache mich auch in der Weise nützlich, dass ich mit meinem schnellen Pferd frischen Fisch in den nächst-größeren Ort landeinwärts bringe. Die Menschen dort sind Bauern und Handwerker und freuen sich, frischen Fisch kaufen zu können.

Der kleine Bär verwandelt sich in unseren Sohn Baloo, und endlich sind wir wieder als eine Familie beisammen!

Ich wache mühsam aus dem Traum auf und brauche einige Zeit, um Traum und Wirklichkeit zu unterscheiden. –

Teil 2. Trommel und Bär

11. Krieg

Aus dem Norden unseres Landes kommen schlechte Nachrichten: Die Angreifer sind wieder da, besser bewaffnet als zuvor und besser geführt, wie es heißt. Sie kennen nicht unsere heiligen Schriften, verehren nicht unsere wunderbaren Götter, und sind uns fremd. Es ist Krieg.

Das ändert alles. Wir hier im Süden sind zunächst nicht unmittelbar betroffen, aber das Land, welches mein Großvater gegründet hat, steht vereint gegen den Feind.

Das bedeutet hier bei uns, dass die Männer sich bewaffnen und in den Norden ziehen; auch werden für den Kampf notwendige Güter gesammelt und nach Norden transportiert.

Der Bedarf an Waffen ist jedoch so groß, dass die Vorräte nicht reichen. Daher legen Deyla und Ganesh ihre Läden zusammen und beginnen, die Herstellung von Waffen zu fördern und sie dann sinnvoll zu verteilen und nach Norden zu leiten. Dabei hilft Deyla's Bruder fleißig mit, hatte er doch bisher noch keine richtige Lebensaufgabe gefunden.

Mein Vater eilt, begleitet von meiner älteren Schwester, in den Norden, dorthin, wo die ersten Kämpfe stattfinden.

Wir werden uns aber nicht der Schlacht stellen, so sehr die Schlacht, die wir unter Führung meines Großvaters gewonnen hatten, in rühmlicher Erinnerung ist.

Mein Vater hatte ein Buch aus China mit dem Titel

„𝕾𝖎𝖊𝖌𝖊, 𝖔𝖍𝖓𝖊 𝖟𝖚 𝖐ä𝖒𝖕𝖋𝖊𝖓"

gelesen, welches kürzlich ins Sanskrit übersetzt worden war.

Er hat alle Anführer im Lande und alle Krieger darauf vorbereitet, dass wir der offenen Schlacht ausweichen werden und statt dessen in kleinen Gruppen vorzugsweise bei Nacht in Form von Nadelstichen den Angreifern das Leben schwer machen, ihnen die Nachtruhe rauben, sie daran hindern, Schlafstätten und Lebensmittel zu finden. –

Ich bleibe auf unserem Hofe zurück, empfange immer noch Gäste und Botschafter, lese und versende Nachrichten, jedoch wird die Zahl der Besucher und der Briefe rasch kleiner: Das Geschehen spielt sich jetzt im Norden ab, wohin mein Vater mit meiner älteren Schwester aufgebrochen ist.

Bald erreichen uns Nachrichten, dass mein Vater seinen Aufenthaltsort geheim hält und nur ausgewählte Besucher,

Führer und Botschafter empfängt. Unsere Krieger kämpfen auf das tapferste, Frauen und alte Menschen leisten hinhaltenden Widerstand, wie sie nur können. Alle leiden Schmerzen und Not, doch der Wille zu widerstehen, ist ungebrochen.

Wir hören in Bruchstücken, dass meine ältere Schwester meinem Vater in jeder Weise hilft und selbst schon kleine Kommando-Aufgaben übernimmt. Der Ruhm meines Großvaters hat sich offenbar auf meinen Vater übertragen – und vielleicht auch auf meine Schwester?

*****

Für Leser, die vielleicht in späterer Zeit einmal diesen meinen Bericht lesen werden, sei noch erwähnt, dass bei uns schon seit langem keine Elefanten mehr in Schlachten eingesetzt werden. Elefanten sind langsam, und es wurden schon früh Methoden entwickelt, um die Elefanten so zu erschrecken, dass sie ihren Führern den Gehorsam verweigern und die Flucht ergreifen, statt zu kämpfen.

Die meisten Elefanten in unserem Lande werden heutzutage als Helfer des Menschen eingesetzt, und einige auch bei Festen zur Ausstattung von Umzügen. Einige wenige werden noch so gehalten wie in früheren Zeiten zur Kriegsführung, dienen aber auch nur noch zur Schaustellung. Meine Ausbildung im Kloster im Kampfe mit Elefanten war eine rein symbolische gewesen in Verehrung dieser edlen Tiere und in Erinnerung an alte Traditionen. Dort habe ich nur einmal auf einem Elefanten gesessen.

In dem Krieg, den wir gezwungenermaßen jetzt führen müssen, setzen wir Pferde ein, aber auch nicht zur Schlacht wie bei meinem Großvater, sondern nur noch zur schnellen Fortbewegung von Kämpfern, Boten und Waffen. Es gibt bei uns

Pferderassen, die speziell für den Kampf gezüchtet wurden und enorm schnell und widerstandfähig sind. [9]

Unterdessen haben wir hier bei Hofe immer noch genug zu tun: Die Produktion von Waffen in unserem Landesteil anzuregen, deren Verteilung zu organisieren, gänzlich unerfahrene junge Burschen in deren Gebrauch zu unterweisen, Wege in den Norden zu planen, die Aufbrechenden mit Ausrüstung, Informationen und Landkarten zu versorgen, Nachrichten aus dem Norden weiterzugeben, für gute Stimmung zu sorgen.

Nach und nach erreichen uns Berichte, dass die Angreifer enttäuscht sind, da sie keine Gegner finden, die sie in offener Schlacht besiegen könnten, dass sie unter Mangel an Schlaf und Lebensmitteln leiden, dass sie sich in unseren Bergen, Wäldern, Tälern und Flüssen längst nicht so gut auskennen wie unsere eigenen Leute, ja, dass sie den Mut verlieren und vergessen haben, warum sie eigentlich hier sind.

Dann wurde ihr Heerführer in nächtlichen Kämpfen schwer verletzt und bietet, wie man hört, nur noch ein Bild des Jammers. Er kann kaum mehr sprechen und somit keine aufrüttelnden Befehle mehr erteilen. Seine Leute versuchen dies, wie man hört, geheim zu halten, aber es dringt sogar bis zu uns hierher durch.

Dies verstärkt den Willen unserer Menschen, durchzuhalten und unser Land zu verteidigen, trotz aller Opfer, trotz allen Leids, trotz der Toten und Verletzten.

---

[9] Pferderasse Marwari, ab 1200 von den Rajputen in der indischen Wüste Thar als ein Wüstenpferd gezüchtet, also ein robustes, schnelles, extrem hartes, Kälte und Hitze trotzendes Pferd.

Schließlich ziehen die Angreifer sich zurück, und alle wünschen sich, dass wieder Friede einkehren möge. Doch die Verwüstungen, die sie in den Städten, Dörfern und in den Herzen angerichtet hatten, brauchen sicherlich eine lange Zeit, um zu heilen. Auch ist die Sorge, dass Angreifer zurückkehren könnten, noch gegenwärtig; es herrscht ein Schwebezustand zwischen Krieg und Frieden.

12. Meine ältere Schwester

Dann erreicht uns eine andere, schlimme Meldung: Mein Vater ist ganz plötzlich gestorben; er hatte sich bei der Arbeit am Hause eine Verletzung zugezogen, erlitt eine Entzündung, die den ganzen Körper erfasste, und starb. Genaueres können wir aus den Berichten, die uns aus dem Norden erreichen, nicht entnehmen. Jedenfalls war es keine Kriegsverletzung.

Zu seiner Beisetzung kamen die Menschen von überall herbei, denn er hatte sich als Kriegsherr großes Ansehen erworben, vor allem auch durch seine erfolgreiche Planung, sich nicht der offenen Schlacht zu stellen, und auch der Ruhm seines Vaters, meines Großvaters, hatte sich auf ihn übertragen.

Nach der Beisetzung beginnen die Menschen, ihm ein kleines Mausoleum zu errichten, welches ein Mahnmal sein wird für den Zusammenhalt der Menschen unseres Landes und deren Bereitschaft, es zu verteidigen.

Nach der Beisetzung reist meine ältere Schwester zu uns in den Süden, um mit ihrer Familie gemeinsam die Trauer zu bewältigen.

Als sie erscheint, erkennen wir sie kaum. Sie sieht fast aus wie ein Mann, in Kriegskleidung und Stiefeln, ein Kurzschwert im Gürtel, braun gebrannt, die Haare zerzaust. Nur ihre Stimme macht mich sicher, dass es meine Schwester sein müsse.

Doch schnell sind wir, meine Mutter, meine große und meine kleine Schwester und ich, als Familie vereint, und holen gemeinsam mit den anderen am Hofe und gemeinsam mit Ganesh und Deyla unsere eigene kleine Trauerfeier nach.

Es gibt viel zu erzählen und wir erfahren, dass meine große Schwester sich selbst an den nächtlichen Kampfhandlungen beteiligt hatte, verwundet wurde, und sich bald ein gutes Ansehen erwarb, als Stellvertreterin meines Vaters im Kampfe und als Enkelin unseres verehrten Großvaters. So ergriff sie – als so junge Frau – eine Führungsrolle in der Verteidigung unseres Landes und genießt hohes Vertrauen und Gefolgschaft bei den Kämpfern.

Meiner Schwester ist es bei uns zu friedlich, im Norden herrscht in den Köpfen immer noch Krieg, und schon nach wenigen Tagen zieht es sie wieder nach Norden in die Gegend, wo das Mausoleum errichtet wird, um den Menschen mit Rat und Tat zur Seite zu stehen.

So bleiben wir nur noch als ein kleiner Teil unserer Familie zurück: Meine Mutter, die etwas kränkelt und nicht mehr die alte Kraft hat wie früher, meine jüngere Schwester, die jetzt ein Gutteil der Aufgaben meiner Mutter übernommen hat, und ich, nunmehr als Erbe meines Vaters. Die Übernahme des Erbes taten wir als selbstverständlich ab und begingen keine besondere Feier oder Zeremonie.

44

Ganesh und Deyla führen ihre Läden, die sie zusammengelegt haben, in der Stadt weiter; Waffen und Kriegsausrüstung sind immer noch gefragt, Devotionalien verkauft Deyla auch weiterhin, Spielzeug hat Ganesh aber aufgegeben.

Bisweilen besuchen die beiden uns auf dem Hofe, dann können Ganesh und ich über meine Arbeit als Landesfürst sprechen, in die ich mich nicht richtig einfinden kann. Ganesh hört mir aufmerksam zu, fragt auch nach, gibt mir aber keine Ratschläge. Er ist mir eine gute Hilfe, indem ich so meine Schwierigkeiten besser erkennen und von verschiedenen Seiten beleuchten kann. Ganesh weiß bald über alle Angelegenheiten der Regierung bestens Bescheid.

Ganesh und Deyla schlafen miteinander, meine eigene Arbeit und meiner Zweifel am Sinn des Ganzen lassen mir jedoch keinen Raum, darüber nachzudenken.

Deyla begegnet mir förmlich höflich und macht sich auf dem Hofe nützlich, z.B., indem sie eine neue Mitarbeiterin in die Arbeit einführt, oder, indem sie einfach selbst mit Hand anlegt.

Von meiner älteren Schwester hören wir, dass sie wieder im Norden angekommen ist und dort beim Aufräumen und Überwinden der Kriegsfolgen die Leitung übernommen hat und auch selbst mithilft. Sie wird als Nachfolgerin unseres Großvaters und unseres Vaters und als Kriegsveteranin anerkannt und geachtet und übernimmt in jenem Landesteil unausgesprochen auch die Aufgaben ihres Bruders.

13. Wie kann ich ihr helfen?

Deyla verhüllt sich nicht mehr vor mir, und ich habe Gelegenheit, sie genauer zu betrachten. Wenn sie nicht so traurig wäre, würde ich sie aus der Sicht eines Mannes als außergewöhnlich gut aussehend und attraktiv bezeichnen.

Ich versuche herauszufinden, ob sie Ähnlichkeiten mit Dajeela besitzt, kann jedoch keine entdecken. Die Form der Augen, Augenfarbe, Stirn, Nase, Mund, Wangen, alles ist ganz anders, obwohl auch Dajeela bemerkenswert nobel aussah.

Ich würde Dajeela gerne helfen, denn offensichtlich ist sie es, die sich im Körper von Deyla und in deren Umwelt nicht wohlfühlt. Sie fühlt sich in Deyla's Körper gefangen. Doch was kann ich tun? Ich muss etwas ganz Ungewöhnliches tun.

Ich beschließe, noch einmal die Kartenlegerin aufzusuchen. Sie empfängt mich wiederum freundlich und bedankt sich für den Teppich, den ich ihr als Geschenk habe zukommen lassen. Dieser war auch als Gebets-Teppich geeignet, doch sie hatte ihn als Wand-Teppich angebracht, was sich harmonisch einfügt.

Ich schildere ihr meinen Wunsch, Dajeela/Deyla auf irgendeine Weise zu helfen, und sie befragt wieder ihre Karten und die Sterne. Dann spricht sie:

„Mein Sohn Satyendra, du warst in einem früheren Leben mit Dajeela in einer unglücklichen Liebe verbunden. Wenn du es möchtest, kann ich versuchen, etwas Genaueres herauszufinden."

Ich stimme zu, und die Kartenlegerin bittet mich, mich für eine Zeit vollkommen still zu verhalten.

46

Die Kartenlegerin schließt die Augen, und ich habe den Eindruck, dass sie im Geiste in eine andere Welt schwebt. Nach einer guten Weile, deren Dauer ich nicht einschätzen kann, kehrt sie, offenbar mit Mühe, zurück, öffnet langsam die Augen und schaut sich verwundert um. Dann kommt sie jedoch wieder ganz in die Gegenwart und spricht:

„Satyendra, mein Sohn, ihr wart tatsächlich ein Liebespaar. Der Vater von Dajeela – ich verwende ihren Namen aus eurem jetzigen Leben– war ein reicher Kaufmann, der sich einen Palast gebaut hatte, um seinen Reichtum zur Schau zu stellen, und der von jedermann bewundert werden wollte. Er wollte seine einzige Tochter reich verheiraten, am liebsten mit einem Prinzen.

Du selbst warst der Sohn eines Schneidermeisters, der in jenem Palast die Kleider des Hausherren und seiner Familie nähte und gut gelitten war. Du begleitetest deinen Vater in den Palast, denn auch du solltest das Schneider-Handwerk erlernen, und bei dieser anspruchsvollen Arbeit ergab sich dafür eine gute Gelegenheit.

Bei der Anprobe für die Tochter geschah das Unvermeidliche: Ihr verliebtet euch ineinander, doch ihr versuchtet, das unbedingt geheim zu halten. Aber der Vater Dajeela's erkannte, was geschah und warf deinen Vater und dich hinaus. Ihr beiden Verliebten traft euch heimlich, doch der Vater Dajeela's bemerkte auch dies und sperrte Dajeela ein. Sie entkam, und ihr beide versuchtet, auf einem Boote zu fliehen, wusstet allerdings nicht, wohin.

Am nächsten Morgen wurden eure Leichen im Wasser gefunden, und es blieb ungeklärt, ob es ein Unfall war, eine Tötung, oder ein freiwilliges Fortgehen.

Der Vater Dajeela's tobte vor Trauer und Wut und versuchte, deinen Vater, den Schneidermeister, einzufangen und zu bestrafen. Dieser floh außer Landes und ward nie mehr gesehen." –

Die Wahrsagerin schaut mich lange nachdenklich an, und die Sitzung ist beendet. Ich danke wiederum herzlich, erhalte jedoch die Antwort, dass sie sich bedanke, diese Reise in die Vergangenheit gemacht haben zu dürfen und mir vielleicht ein wenig geholfen zu haben. Wiederum nehme ich mir vor, ihr ein passendes Geschenk zukommen zu lassen.

Soll ich das glauben? Und wenn es wirklich so gewesen wäre, was nützte uns das jetzt für die Gegenwart?

Es gäbe ja die Möglichkeit, die Götter um Hilfe zu bitten. Ich bin nicht sehr fromm, und bin es nicht gewohnt zu beten. Der Glaube an unsere vielen Götter, die alten Schriften, die vielen religiösen Zeremonien haben mir immer gut gefallen, sind sie doch ein wesentlicher Bestandteil unserer Kultur und des Gemeinschaftslebens. Sie bilden und erhalten das Gefühl, zusammenzugehören. Feste sind einfach das Salz in der Suppe eines Volkes.

Jedoch die Götter als real existierende Wesen zu erkennen, das ist mir nicht gegeben, höchstens insofern, als die vielen Gottesdienste, Anbetungen, Umzüge, Rezitationen aus den Schriften, Statuen und Tempel eine Realität schaffen, die einfach da ist, ohne die dahinterstehenden Götter greifbar zu machen.

Ich beschließe, den Philosophen um Rat zu fragen. Ich hatte den Philosophen in letzter Zeit öfter besucht, und er ist so etwas wie mein Vater geworden. So empfängt er mich warmherzig; ich frage ihn, was von dieser Geschichte zu halten sei, und er spricht:

„Die Kartenlegerin hatte eine Lehrerin, die eine wahre Zauberin war, von hohem Ansehen und von großer Strahlkraft, die jeden in ihren Bann zog. Sie war eine Magierin im besten Sinne und zauberte nur, wenn es den Menschen zum Guten gereichte, und war dabei niemals selbstsüchtig. Ihre Zauberkraft war weithin berühmt, sie war aber auch gefürchtet, weil sie jeden, der mit eigensüchtigen oder gar bösen Wünschen zu ihr kam, übel beschimpfte und hinaus jagte.

Diese Lehrerin war mit ihrer Schülerin, der Kartenlegerin, bei der du warst, nur begrenzt zufrieden, weil es dieser manchmal an Fleiß mangelte, und weil die Zauberkräfte der Schülerin nur beschränkte Erfolge zeigten. Da die Lehrerin jedoch keine bessere Schülerin hatte – und Zauberkräfte zu entwickeln ist nicht jedem gegeben – weihte sie diese Schülerin kurz vor ihrem Tode doch zu ihrer Nachfolgerin, und wir müssen jetzt schauen, wie wir mit ihr zurechtkommen.

In der Sitzung, die du bei der Kartenlegerin hattest, handelte es sich jedoch gar nicht um Zauberei, sondern um einen Blick in die Vergangenheit. Ich selbst habe diese Fähigkeit, in die Vergangenheit zu schauen, nicht, – mein Lehrer in der Geistigen Welt ist ein Meister des scharfen Verstandes. Die

Geschichte, die dir die Kartenlegerin erzählte, ist eindrucks-
voll, und es mag so gewesen sein. Jedenfalls seid ihr beiden,
Dajeela und du, karmisch verknüpft, davon können wir ausge-
hen. Aber eine Handlungs-Anweisung, eine Richtschnur, was
nun zu tun sei, hast du nicht bekommen."

Ich bin enttäuscht, und, da wir inzwischen recht vertraut
sind, kann ich das auch zeigen. Es tritt eine Pause ein, und wir
fallen in Meditation. Nach einiger Zeit werden wir wieder
wach, und der Philosoph spricht:

„Du warst schon mit jungen Jahren ein eifriger Trommler.
Nun wissen wir, dass die Trommel für manche Heiler ein Fahr-
zeug ist, um in die geistige Welt zu reisen und um Heilung zu
bewirken. Obwohl du keine Ausbildung zum Heiler hast, kann
vielleicht ein Ritual, welches du selber ausführst, zur Heilung
der beiden Seelen beitragen. Du solltest allerdings ein gutes,
sinnvolles und vermutlich wirksames Ritual ausführen, und wir
müssen schauen, wie wir ein solches erlernen."

Der Philosoph macht mein Problem zu seinem eigenen,
und ich beginne, Hoffnung zu schöpfen.

„Darf ein guter Heiler auch sich selbst heilen?"

„Ja, das darf er, wenn es nur darum geht, seine Gesundheit zu
erhalten oder wieder herzustellen. Er sollte aber niemals zur
Vermehrung seines Wohlstandes, seines Stolzes oder seines
Ansehens wirken – seine Gesundheit sollte er vor allem deshalb erhalten, um weiterhin für die Menschen da zu sein. Es
gibt jedoch Heiler, die so bescheiden sind, dass sie nichts tun,
um sich selbst zu heilen."

*****

Doch wie Kenntnis eines geeigneten Rituals bekommen? Ich mache mich auf, um ein Volks im Osten unseres Landes zu besuchen, das noch altes Brauchtum bewahrt hat, das bei uns Gebildeten und gut Erzogenen längst in Vergessenheit geraten ist.

In jenen Gegenden in unserem großen Lande, in denen noch recht naturverbunden gelebt wird und althergebrachte Sitten und Gebräuche herrschen, gibt es keine Städte, denn Städte entfremden uns von der Natur und von den Geistern, und diese Entfremdung greift auch auf die ländlichen Umgebungen der Städte über.

14. Der Heiler

Ich bereite also eine Reise ins Ungewisse vor. Ganesh, der sich am Hofe schon gut auskennt, wird mich vertreten, auch Deyla wird hier sein, und Deyla's Bruder wird die Geschäfte in der Stadt weiterführen.

Meine Ausstattung für die Reise ist einfach und rustikal; ich möchte so wenig wie möglich auffallen als einer, der aus der modernen Welt kommt.

Meine Vorstellungen über das Leben der Menschen, die ich besuchen möchte, sind nur sehr ungefähr, und ich mache mich auf alles gefasst.

Vor allem wird es schwierig sein, jene davon zu überzeugen, dass ich sie nicht missionieren will und ihnen nicht etwas aufschwatzen oder sie von etwas überzeugen will, was sie gar nicht wissen wollen. Es ist mir schon aus Erzählungen bekannt, dass diese altherkömmlich lebenden Menschen einem ständi-

gen Druck ausgesetzt sind, sich der modernen Welt anzupas-
sen. Obwohl ich wenig über sie weiß, habe ich schon von
vornherein eine große Hochachtung vor ihnen.

Ich sattle also mein Pferd und reite los. Auf den Karten,
die ich studiert habe, weiß ich nur ungefähr, wohin ich will.
Nach fünf Tagesritten – die Herbergen unterwegs sind gut geführt und die Nächte erholsam – komme ich in eine Gegend,
die stark bewaldet ist, Siedlungen sind schwer zu erkennen,
alles scheint unwirklich, ein wenig verwunschen, wie im Märchen. Schließlich erreiche ich ein kleines Dorf mit Einwohnern,
die mich zunächst vorsichtig, neugierig und schließlich freundlich begrüßen. Es gelingt mir offenbar, durch mein zurückhal-
tendes Auftreten ihr Vertrauen zu gewinnen, und sie geben
meinem Pferd Wasser und Getreide. Die Kinder lösen die
leichte Anspannung, indem sie mich betasten, lachen und offenbar Fragen stellen, die ich aber nicht verstehe.

Es kommt ein junger Mann auf mich zu, der einige
Sprachkenntnisse besitzt, und wir können uns über das Wichtigste verständigen. Der junge Mann ist schon herumgereist
und hat überall etwas von den dort üblichen Sprachen aufge-
schnappt. Da die Menschen sehen, dass wir uns gut verstehen,
fassen sie Zutrauen und laden mich ein, bei ihnen zu verweilen.
Ich bekomme zu Essen und zu Trinken, und es wird mir zur
Übernachtung ein kleines Häuschen zugewiesen, welches nicht
ganz ruhig ist, da nebenan Kinder schlafen oder auch nicht
schlafen.

Am nächsten Morgen bei diesen guten Menschen stellt
sich unausgesprochen die Frage, was ich denn bei ihnen wolle.
Da sie wahrscheinlich empfindlich sind gegen die Besserwisse-

rei aus den Städten und ganz bestimmt nicht ausgeforscht werden wollen, kann ich unmöglich darum bitten, mir ihre Rituale zu präsentieren. So versuche ich, deutlich zu machen, dass ich seelische Probleme habe – „im Kopf" – und dass ich gekommen bin, um Heilung zu suchen, was ja auch irgendwie stimmt.

Dies wird gut verstanden, und vor allem die Frauen stimmen mir mit vielen Worten und Gesten, mit viel Lachen und Schauspielerei zu. Mir wird bedeutet, dass ich mich mit meinem Wunsche in ein anderes Dorf begeben müsse, wo ein berühmter Heiler wohne. Der junge Mann, der schon weit herumgekommen ist, und mit dem ich mich sprachlich am besten verstehe, und seine junge Frau begleiten mich.

Nach einem Tagesritt kommen wir in ein anderes Dorf mit auffallend niedrigen Häusern und vielen Blumen in den Gärten, aber auch Gemüse und Kräutern.

Wir werden willkommen geheißen – meine jungen Begleiter sind dort offenbar gut bekannt – und man bescheidet uns, der Heiler sei nicht da, er sei im Walde, um Wild-Kräuter zu suchen, und er kehre morgen zurück. Man empfängt uns mit einfachen, wundervollen Speisen und Getränken und weist uns ein kleines Haus zu, in welchem wir übernachten können. Das kleine Haus ist offenbar bewohnt, aber es ist niemand da. So können wir es uns dort zur Nacht gemütlich machen; der junge Mann und die junge Frau kuscheln sich zusammen, und ich muss an die schöne Zeit mit Dajeela zurückdenken.

Am nächsten späten Nachmittag kehrt der Heiler zurück. Er sieht nicht viel anderes aus als die anderen Männer in diesem Dorf und in dieser Gegend, wirkt in seiner Erscheinung jung, ist aber doch schon älter als es zunächst scheint, wie man an seinen feinen Runzeln im Gesicht erkennt. Er begrüßt uns warmherzig, fragt ein klein wenig nach unserem Begehr und bedeutet uns, dass er sich nun erst einmal erholen müsse und dass wir uns morgen Nachmittag wiedersehen können.

Wir verbringen also noch eine Nacht in dem kleinen Haus – deren Bewohner bleiben unsichtbar – und treffen den Heiler am frühen Nachmittag. Er bittet uns in sein Haus, seine Frau bereitet einen Tee, und wir können dem Heiler unser Anliegen – mein Anliegen – vortragen. Ich schildere ihm mein Problem bezüglich Dajeela und Deyla, und er fragt:

„Du möchtest selbst heilen können?"

Mir verschlägt es die Sprache. Er hat mich durchschaut. Nach einer Weile bringe ich heraus:

„Ich möchte der Seele Dajeela's helfen, die im Körper von Deyla unglücklich ist."

Der junge Mann hilft uns bisweilen, wenn die sprachliche Verständigung stockt. Der Heiler spricht:

„Dajeela und du, ihr werdet immer beisammen sein. Um ein Heiler althergebrachter Art zu werden, muss man dazu geboren sein, und es braucht eine strenge Ausbildung über viele Jahre, vor und nach der Einweihung im Alter von etwa 16 Jahren. Auch bedarf es körperlicher Härte, Entbehrungen und Selbstbeherrschung.

All dieses ist dir nicht und in deinem Alter nicht mehr gegeben, denn die Ausbildung zu einem Heiler muss früh beginnen, und ist auch nur dann möglich, wenn die Voraussetzungen und Begabung dazu vorliegen. Wichtig ist es auch, einen guten Lehrer zu haben.

Wie echte Heilung wirkt, kann ich dir nicht erklären. Man weiß es nur, wenn man selbst den Weg des Heilers gegangen ist, und auch dann kann man es nicht in Worte fassen.

Ich sehe, dass dein Wunsch, der Seele Dajeela's zu helfen, echt und ehrlich ist. Ich will versuchen, dir zu helfen. Du hast einen Teil deiner Selbst verloren, und ich werde versuchen, diesen Teil wiederzufinden und zurückzubringen. Es ist noch früh, und wir können hinausgehen.“

Nach einem kurzen Weg gelangen wir auf eine Lichtung, die aufgeräumt wirkt, der Boden ist dort, wo kein Gras wächst, fein säuberlich gefegt, und wir setzen uns, wir drei nebeneinander und der Heiler uns gegenüber.

Der Heiler beginnt eine Zeremonie mit dem feinen Klang eines Glöckchens. Er geht zunächst in eine kurze Meditation, öffnet dann wieder seine Augen und beginnt einen monotonen, doch wohlklingenden Gesang mit tiefer Stimme. Sodann zündet er ein zusammengedrehtes Kraut an, dessen Rauch er einatmet. Schließlich steht er auf, nimmt eine mitgebrachte Trommel zur Hand, läuft im Kreis herum und schlägt die Trommel in einem gleichmäßigen Rhythmus, wobei er kurze Sätze ausstößt in einer Sprache, die ich nicht verstehe.

Schließlich hält er inne, legt die Trommel zu Seite, ergreift zwei Zimbeln, etwa so groß wie eine Hand mit ausgestreckten Fingern, schlägt sie gegeneinander, wobei er sich auf- und niederneigt, und ruft wieder laute, mir unverständliche Worte.

Schlussendlich legt er auch die Zimbeln beiseite, setzt sich, und versinkt wieder, diesmal in eine längere Meditation. Noch in Trance reicht der Heiler mir ein kleines grünes Blättchen von einer Pflanze, das ich verzehren soll. Es schmeckt ein wenig süßlich-herb.

Nach einer Weile öffnet der Heiler die Augen, schaut uns belustigt an und scheint mit sich und der Welt zufrieden zu sein. Wir sprechen noch ein paar Worte und machen Gesten des Dankes, raffen uns auf und tragen die Sachen, die wir mitgebracht hatten, zurück ins Dorf.

Nach einem Abendessen, welches uns die Frauen bereiten, schlafen wir nochmals in dem kleinen Haus und treffen uns mit dem Heiler erst am nächsten Morgen wieder. Wir sitzen in seinem Haus beisammen, seine Frau versorgt uns wieder mit Tee, und der Heiler spricht: [10]

„Wir Menschen bestehen aus vier Wesens-Teilen: dem menschlichen Teil, dem tierischen Teil, dem pflanzlichen Teil und dem mineralischen Teil. Für die körperliche und geistige Gesundheit ist es wichtig, dass alle vier Teile in Harmonie zueinander stehen.

---

[10] Der Heiler in dieser Geschichte ist nach heutigen Begriffen ein Schamane, und was wir hier erfahren, sind Grundbegriffe des Schamanismus. Das Wort ‚Schamane‘ kommt in dem Text jedoch nicht vor; es stammt aus der sibirischen Sprache Tungu und wird erst in neuerer Zeit auf ähnliche Praktiken in aller Welt angewandt. Die Erforschung des Schamanismus in Sibirien durch europäische Ethnologen begann erst in der Mitte des 19. Jahrhunderts, diese Erzählung hier spielt jedoch geschätzt im Mittelalter Indiens. Zum Schamanismus siehe im Literatur-Verzeichnis die Autoren Michael Harner und Mircea Eliade.

Jeder Teil kann sich offenbaren; für gewöhnlich sehen wir nur den menschlichen Teil, also uns als Menschen, und glauben, das sei schon der ganze Mensch. Wer gute Verbindungen zur geistigen Welt hat, kann sich aber auch als seinen tierischen Anteil, also als Tier [11] wahrnehmen, ebenso als Pflanze und auch als Mineral. Nicht aber als irgendein Tier etwa, sondern als ein ganz bestimmtes Tier, welches ich selber bin, welches mein tierischer Anteil ist. Junge Menschen, die zum Heiler geboren sind, kennen schon früh ihre drei anderen Anteile, oder sie lernen sie spätestens in der Ausbildung kennen.

Die vier Anteile sind zu gleicher Zeit in der Welt und unterstützen sich gegenseitig. Wenn ich ein Problem habe, welches ich als Mensch glaube, nicht lösen zu können, dann wende ich mich an mich als Tier, besuche es, sehe und fühle es, und bitte es um Hilfe. Ganz besonders dann, wenn ich als Heiler vor einer schwierigen Aufgabe stehe, der ich als ziemlich dummer Mensch allein nicht gewachsen bin.

Denn mein Tier ist in Sachen Heilung viel intelligenter und wissender als ich als Mensch, und wenn mein Wunsch ehrlich ist und auf keinen Fall selbstsüchtig, dann wird mein Tier mir auch helfen. Mit meinem Tier kann ich mich regelrecht unterhalten, muss aber aufpassen, denn es neigt auch zum Scherzen.

In manchen Fällen verwandele ich mich auch in mein Tier: Ich werde mein Tier, ich bin mein Tier, fühle wie das Tier und sehe die Welt mit seinen Augen. Ich befinde mich dann in

---

[11] Im heutigen Schamanismus-Jargon ‚Krafttier' von ‚power animal', ebenso Kraft-Pflanze und Steine der Kraft.

57

der anderen Welt, die nur dem Heiler zugänglich ist und hinter der gewöhnlichen Welt verborgen ist. Eine solche Verwandlung kann z.B. notwendig werden, um ein Heilmittel für einen Ratsuchenden zu suchen und zu finden. Auch dient diese Verwandlung dazu, uns selbst besser kennen zu lernen und Verbindung mit anderen Tieren aufzunehmen, die uns und den Hilfesuchenden behilflich sein können und manchmal über ein besonderes Wissen verfügen.

In früheren Zeiten, als dieses Wissen noch Allgemeingut war und jedes Dorf seinen eigenen traditionellen Heiler hatte, haben wir Heiler aus unserem Tier kein Geheimnis gemacht, und jeder wusste: Das Tier dieses Heilers ist ein Tiger, das Tier jenes Heilers ist ein Wolf. Oft haben wir das Tier auf unsere Trommel gemalt. Heutzutage jedoch, wo dieses Wissen in weiten Teilen der Welt verloren gegangen ist, sprechen wir nicht mehr darüber und hüten es als ein Geheimnis. Es ist eine Kunst zu erkennen, was ein Geheimnis ist und auch bleiben sollte, und es dann auch zu wahren.

Mit den Pflanzen ist es etwas anders. Sie sprechen nicht in Worten, sondern in kaum wahrnehmbaren Gesten. Sie helfen mir nicht durch ihr Wissen, sondern gehören zu mir als ein Teil, der mich nährt, der mir Kraft gibt, den ich brauche für meine Lebensenergie und Beweglichkeit, für meine guten Ideen und für meine Kräfte als Heiler.

Meinen mineralischen Anteil schließlich benötige ich für meine geistigen Kräfte, für einen starken Willen, für mein Verständnis der Dinge und für meine Sicht in die geistige Welt. Auch die Steine sprechen nicht, denn Weisheit kann man nicht in Worte fassen. Sie machen auch keine Gesten; sie sind einfach nur da in ihrer unendlichen Erhabenheit.

Erst wenn alle vier Wesensanteile vorhanden und gesund sind und gut zusammenarbeiten, ist der Mensch in seiner Gesamtheit vollständig.

Manchmal kommt es jedoch vor, dass einem Menschen einer seiner Anteile verloren geht oder die Zusammenarbeit mit demselben stockt. Dann verliert er seine Lebenskraft und wird krank. In günstig gelagerten Fällen kann ein guter Heiler ihm helfen, den verlorenen Anteil – meist ist es seine Pflanze, oder auch sein Mineral – wiederzufinden, sich mit ihr oder ihm zu vereinen und in Harmonie zu gelangen. Dafür ist aber eine Reihe von Voraussetzungen nötig, die der Heiler kennt.

Du hattest, lieber Bruder Satyendra, den Kontakt zu deinem pflanzlichen Wesensteil verloren, und ich habe es Dir zurückgebracht. Ich hatte mich in mein Tier verwandelt und ziemlich lange, auch mit Hilfe der Vögel, nach deiner Pflanze gesucht. Du hast einen kleinen Teil davon verzehrt, und die Aufnahme von etwas durch den Mund, so wie Speise und Trank, ist eine der intimsten Verbindungen mit einem anderen geistigen Wesen. Deshalb sollten wir immer achtsam sein, was wir essen und trinken und wie wir es tun.

Viele Menschen nehmen starke und wirksame Kräuter unachtsam als Tees oder Gewürze zu sich, ohne deren Kraft und Eigenschaften zu kennen, was aber dazu führt, dass diese Kräuter durch den häufigen Gebrauch und durch das sinnlose Gemisch ihre Kräfte verlieren und manchmal mehr Schaden als Nutzen bringen.

Jetzt gibt es in den Städten eine neue Unsitte, die aus Arabien eingeschleppt wurde. Man röstet die Bohnen einer bestimmten Pflanze [12], bis sie fast verbrannt sind, zermahlt das Produkt und stellt dann mit heißem Wasser einen Sud her, den man schlürft. Die Folge ist der Zustand eines Hochgefühls ohne jeden äußeren Anlass. Na ja, man kennt das ja von den Drogen her. –

Ich werde dir deine Pflanze nicht mit Worten verraten, wenn du aber den spirituellen Weg beschreitest, wirst du sie kennen lernen, wiederfinden, sehen, in die Hand nehmen und auch nochmals zu dir nehmen können. Ich kann auch erkennen, wer du als Tier bist, aber du wirst es selbst erfahren. Hüte es als dein Geheimnis. Das Geheimnis der Geheimnisse ist, sie zu wahren."

Der Empfang ist beendet. Ich schäme mich zutiefst, all dieses nicht gewusst zu haben. Jetzt muss ich aufpassen, Haltung zu bewahren und nicht vor lauter Hochachtung und Rührung in Tränen auszubrechen. Wie schade ist es, dass all dieses Wissen in unserer modernen Gesellschaft verloren gegangen ist. Und dass in den großen Städten, von denen wir gehört haben, etliche als Zauberer auftreten, die gar keine Zauberer sind und nur Tricks anwenden, und dass dort viele als Heiler auftreten, die keine Heiler sind, den Menschen aber das Geld aus der Tasche ziehen.

*****

---

[12] Coffea arabica L., wurde erst im 18.Jh. in Indien von den Engländern eingeführt.

Wir bedanken uns mit allen Zeichen des Respekts und gehen zu dem kleinen Haus, um noch eine Nacht dort zu schlafen, vor unserer Abreise. Doch wie kann ich mich bedanken? Ich berate mich mit meinen jungen Begleitern und erfahre:

„Wir sind hier glücklich und reich, so wie wir in der Natur und mit der Natur leben. Doch sind die modernen Zeiten nicht spurlos an uns vorübergegangen, und es gibt einige Dinge, die nützlich sind und die wir nicht selbst herstellen können, wie z.B. Kochtöpfe, Feuerzeuge, Nägel, Messer, Äxte, Kleider mancher Art, und manchmal auch Schmuck.

Wir kämpfen hier einen schweren Kampf, weil wir von den Städtern nicht belehrt und nicht verändert werden wollen, und doch haben wir uns zu einem Teil von deren Erzeugnissen abhängig gemacht. Da wir aber kein Geld einnehmen, können wir uns oft solche nützlichen Sachen gar nicht leisten. Es wäre daher eine gute Idee, wenn wir in die nächste Stadt reisen würden, um solche Sachen zu besorgen."

Gesagt – getan. Am nächsten Morgen reiten wir in aller Frühe los und gelangen nach zwei Tagesritten in eine kleine Stadt, in der wir das Gewünschte einkaufen können. Wir mieten zwei Esel, um all das zu transportieren, einen für das Dorf des Heilers, einen für das Dorf, wo ich zuerst ankam und wo meine Begleiter wohnen. Ist das nicht alles viel zu viel?

Nach vier Tagen – die Esel sind doch deutlich langsamer als unsere Pferde – kommen wir zurück in das Dorf des Heilers, werden schon von allen Dorfbewohnern erwartet und wir stellen einen der Esel bereit, um sich zu bedienen. Es gibt überhaupt kein Gefühl der Peinlichkeit, die Menschen freuen sich wie die Kinder, und meine Begleiter haben offenbar gut ausgewählt. Die Kinder machen einen Höllenlärm mit den Kochtöpfen, und die Hunde tun ihr Übriges dazu.

Wir werden zu einem Nachtmahl eingeladen und gedrängt, noch eine Nacht zu bleiben.

Am nächsten Morgen ist Abschied mit großem Hallo, und wir freuen uns, den Menschen eine Freude gemacht zu haben. Der Heiler bleibt unsichtbar.

Den Rückweg legen wir in einem Gewaltmarsch in nur einem Tage zurück, kommen spät in der Nacht an, und legen uns erschöpft schlafen. Die Freude der Bewohner über die mitgebrachten Sachen ist ebenso groß wie im Dorf des Heilers, und nun heißt es für mich, Lebewohl zu sagen.

Meine beiden Begleiter lade ich ein, mit mir zu kommen und biete ihnen meine Gastfreundschaft an. Wir waren doch ziemlich oft beisammen gewesen, hatten viel Zeit gehabt, uns näher kennen zu lernen, und ich habe unausgesprochen die Hoffnung, dass sie sich bei uns in die Hofgemeinschaft einfügen könnten.

Sie erkundigen sich, ob ich in der Stadt wohne, kann ihnen aber versichern, dass ich auf einem Hofe auf dem Lande wohne, was sie beruhigt. Trotzdem lehnen sie das Angebot ab, denn sie würden in ihrem Dorfe gebraucht und seien im Moment nicht auf eine solche Reise vorbereitet. Da ich eine Karte dabei habe, zeige ich ihnen den Weg zu unserem Hofe und versicherte ihnen, dass sie jederzeit willkommene Gäste seien. Der Abschied auch von diesen beiden ist von freundschaftlichen und wehmütigen Gefühlen begleitet.

Ich brauche 6 Tagesritte, obwohl für gewöhnlich der Rückweg kürzer ist als der Hinweg.

15. Der Elefant

Zu Hause erwartet mich viel Arbeit. Ganesh und Deyla und alle anderen haben ihre Arbeit gut gemacht, und ich bin froh, so lange fortgewesen sein zu können. Manchmal war sich Ganesh nicht sicher gewesen, ob seine Entscheidungen und seine Antworten auf Botschaften in meinem Sinne gewesen waren, aber ich bin nachträglich mit allem einverstanden, und er weiß, dass ich nicht lüge. Ich spreche ihm auch für die Zukunft mein Vertrauen aus in der Hoffnung, dass er sich weiter um die Regierungsgeschäfte kümmern wird und ich mich meinen neuen Interessen widmen kann. –

Es nähert sich dem Hofe mit Musik und Gesang eine Gruppe von Menschen mit einem Elefanten in der Mitte. Alle sind festlich gekleidet, und der Elefant ist festlich geschmückt. Er ist ein Geschenk an mich als Fürsten, einschließlich des Mahout, der dazu gehört, und ich bin erstaunt und berührt.

Schnell ziehe ich meine besten Kleider an, und ehe ich mich versehe, sitze ich auf dem Elefanten. Die Menschen tanzen um uns herum, und es herrscht die fröhlichste Stimmung am Hofe.

Deyla ist völlig aus dem Häuschen. Sei eilt herbei, tanzt und singt, wird von dem Elefanten mit dem Rüssel begutachtet und mit einem Schwung zu mir nach oben gehoben. Wie ich später erfahre, hat Dajeela in ihren jungen Jahren oft auf Elefanten gesessen, da ihr Onkel eine Elefanten-Hof besitzt. Als Kind hat sie sogar einmal auf einem Elefanten getanzt.

Nun sitzt Deyla mit mir auf dem Elefanten und ich umarme sie vor aller Augen und habe sie richtig lieb. Hoffentlich ist Ganesh nicht eifersüchtig. Dann hebt der Elefant auch noch Baloo-Bärchen hoch zu uns; Baloo setzt sich vor Deyla hin, und jetzt ist die ganze Familie auf dem Elefanten sitzend vereint.

In aller Eile wird alles herbeigeschafft, was an Tischen und Stühlen, Bänken und Teppichen greifbar ist, und es wird ein großes Fest gefeiert. Selten hat es auf unserem Hofe so viel Trubel und Heiterkeit gegeben. Deyla singt und tanzt und verleitet alle anderen zu Tanz und Gesang. Ganesh zeigt sich in seiner ganzen Würde als Hofmarschall.

Der Elefant und sein Mahout werden bei uns bleiben, und wir werden Sorge tragen, dass stets genug Futter vorhanden ist. Wir werden beide in Ehren halten, gelegentlich werde ich mich auf dem Elefanten zeigen, und Deyla wird ihre Freude mit ihm haben. Ich verstehe das Geschenk auch als Aufmunterung, weiterhin meinen Pflichten als Landesfürst zu genügen.

Eines Tages komme ich mit dem Mahout ins Gespräch. Der Beruf des Mahout hat in seiner Familie eine lange Tradition, und seine Vorfahren haben immer als Mahout Frau und Kinder gehabt. Das ist aber nicht immer so, denn welche Frau will schon mit einem Mann zusammen leben, der immer mit seinem Elefanten schläft? So bleiben die meisten Mahout Junggesellen. Es gibt jetzt aber auch junge Männer, die sich Mahout nennen, aber nicht wirklich mit ihren Elefanten leben.

So werden die alten Sitten verletzt und es geht das rechte Verständnis und die Hochachtung für die Elefanten verloren.

Da die von uns einzeln gehaltenen Elefanten nicht mehr wie ihre Vorfahren in der Herde in der Wildnis, nicht mehr in ihrer Familie leben, brauchen sie viel Liebe und Zuwendung durch den Menschen, weil sie sonst krank werden, und nur ein echter Mahout kann ihnen diese Nähe und Zuneigung geben.

Echte Mahout verdienen kein Geld. Der gewöhnlich wohlhabende Besitzer des Elefanten kommt für alles auf, was Mahout und Elefant brauchen. Wenn der Elefant stirbt und der Mahout keinen anderen Elefanten in seine Obhut nehmen kann, dann sorgt der Besitzer auch weiterhin für den Lebensunterhalt des Mahout, so dass dieser sich um seine Zukunft keine Sorgen machen muss.

Mein Mahout hofft, seine Familien-Tradition fortsetzen zu können und vielleicht unter den vielen Besuchern des Hofes eine junge Frau zu finden, die bereit ist, dieses seltsame Leben mit ihm und dem Elefanten zu teilen.

16. Trommel und Bär

Der Heiler, den ich besuchte, geht mir nicht aus dem Sinn. Würde ich, ohne die Fähigkeiten und ohne die Ausbildung zum Heiler, sein Ritual nachvollziehen können? Würde ich selbst die Trommel schlagen können?

Der Bruder Deyla's besorgt mir eine DAF [13] aus wunderschönem Platanen-Holz mit einem Ziegenfell, welches so auf-

---

[13] Rahmentrommel, ähnlich einem Tamburin, jedoch ohne Schellen

gespannt ist, dass man es leicht nachspannen kann. Dazu baste-
le ich mir einen Schlegel aus einem Bambusstab mit einem
Kopf aus Baumwolle und Leder, welcher nicht zu weich und
nicht zu hart ist. [14]

Ich begrüße die Trommel, indem ich sie streichle, ihr einen Namen gebe, und sie mit einem Öl einreibe, welches ich
sonst für meine Haut benutze. Ich nehme auf einem Teppich
sitzend eine bequeme Haltung im Yoga-Sitz ein und beginne,
die DAF zu schlagen. Es fällt mir leicht, über längere Zeit einen
gleichmäßigen Rhythmus zu erzeugen, der nicht lauter und
nicht leiser, nicht schneller und nicht langsamer wird. Da
kommen mir meine Kenntnisse des Tabla-Spiels zugute. Die
Trommel beginnt, mit sich selbst und mit der Luft in dem
Raum in Resonanz zu schwingen, und sie fängt an zu singen.
Nach einer Weile komme ich in einen meditativen Zustand, der
jedoch zu nichts weiter führt als zu einer leichten Trance. Ich
gebe jedoch nicht auf und beschließe, noch oft zu üben.

Nach einem Dutzend von Versuchen bemerke ich, wie die
Trance langsam etwas tiefer wird und ich die ersten Bilder sehe. Sehr wichtig dabei ist das Gefühl, ganz sicher nicht gestört
zu werden. Da ich nach einem weiteren Dutzend Versuchen
nicht weiterkomme, bitte ich Deyla, mir zu assistieren. Ich er-
kläre ihr mein Vorhaben, und, soweit passend, meine Motivati-
on, und sie willigt gerne ein. Sie begegnet mir inzwischen unbefangen.

Ich bitte sie, statt meiner die DAF zu schlagen, damit ich
mich besser entspannen und konzentrieren kann. Jetzt geht es

---

[14] Gewöhnlich wird die Daf mit den Fingern geschlagen.

besser, und ich sehe deutlicher klare Bilder, es sind aber nur kurze Szenen.

Einmal sehe ich mich mit Dajeela in einem Boot, doch verschwindet das Bild bald wieder. Ein andermal sehe ich mich beim Sammeln von Kräutern in einer Wildnis. Dann sehe ich mich einmal in einem Sonnenstrahl, in dem mir alles Wissen dieser Welt zu Verfügung steht.

Diese kleinen Visionen sind ermutigend, und ich möchte fortfahren, und Deyla ist geduldig bereit, weiterhin zu helfen. Es entstehen nach und nach etwas längere Szenen – neben vielem Durcheinander – und ich beginne, Deyla von dem, was ich sehe, zu berichten. Das scheint meine Eindrücke zu verstärken. Einmal habe ich den Geschmack auf der Zunge, den das grüne Blättchen hatte, welches mir der Heiler gab, und vor mir sehe ich einen hohen Busch mit grünen Blättern, der sich, so scheint es mir, vor mir verneigte. Ich zupfe ein Blättchen und nehme es in den Mund, und es schmeckt genauso bitter-süß wie damals. Habe ich meinen pflanzlichen Teil gefunden? Ich versuche, mich mit Worten bei der Pflanze zu bedanken, aber sie scheint nicht viel von Worten zu halten, und so verneige ich mich vor ihr und mache mit meinen Händen eine Geste zum Himmel und vor meiner Brust als Zeichen der Dankbarkeit. Die Pflanze scheint zu lächeln und ich verabschiede mich ohne Worte mit dem Gefühl, reich beschenkt und gestärkt zu sein.

In den folgenden Nächten träume ich von der Pflanze und fühle, wie meine Kraft, Pläne zu schmieden, sich verstärkt, und ich bin fest entschlossen, weiß nur noch nicht, wozu. –

Ich habe den Wunsch zu erfahren, ob es diese Pflanze wirklich gibt, schaue mich im Garten und in den Feldern überall um, kann sie aber nicht finden. Auch in den Büchern meines Vaters finde ich sie nicht. Die Kartenleserin? Sie ist auch als Kräuterfrau bekannt. Ich besuche sie und schildere ihr die Pflanze, die ich gesehen habe. Sie tippt wegen der Form der Blätter auf Ginseng, ist sich aber nicht sicher. Die Wirkung des Ginseng liegt in der Wurzel, nicht in den Blättern. So bleibt die Frage offen. Meine Neugierde scheint ganz fehl am Platze: Sollte ich doch froh sein, meine Pflanze, einen Teil meiner selbst, besuchen zu dürfen und ihre Kraft in mir zu spüren.

Mit Deyla treffe ich mich dreimal in der Woche, es scheint ihr Freude zu bereiten, die DAF zu schlagen und mir bei meinen Reisen zu helfen, und ich teile ihr freimütig meine Wünsche, meine Erlebnisse und meine Gedanken mit. So freundlich und zugewandt sie mir gegenüber auch ist, so spricht sie doch wenig über sich selbst.

Der Hof akzeptiert diese seltsamen Treffen, schon aus Respekt vor dem Fürsten. Ganesh scheint das alles recht zu sein, hat er doch genug zu tun, und er lebt ansonsten mit Deyla in Harmonie zusammen.

Richtig gute Freunde sind sich niemals böse. Sie nehmen sich nichts übel. Ganesh sorgt dafür, dass wir bei unseren Ritualen nicht gestört werden.

Meine Visionen werden nach und nach deutlicher, klarer. Bisher habe ich schon meinen pflanzlichen Anteil gefunden, doch was ist mit meinem tierischen Anteil – und meinem mineralischen?

Ich muss nicht lange warten und erlebe mich als Bär. Mit all seiner Kraft, seiner Ruhe, seiner Gewissheit, und mit seinem ewigen Hunger. Ich *bin* ein Bär, weiß genau, wie es sich anfühlt, ein Bär zu sein, das Drumherum wahrzunehmen, eine schwache Erinnerung an den Schlaf in der Regenzeit zu haben, nach einer Bärin zu suchen, wissen, wie Ameisen schmecken.

Doch mit dem Frieden ist es bald vorbei. Es erscheint ein Artgenosse, ebenso groß und stark wie ich, wir drohen uns und fallen übereinander her. Wir prügeln uns, dass die Fetzen fliegen, und das ganz wörtlich genommen, denn wir Bären in diesem Lande haben ein wunderbares, flauschiges Fell, welches immer etwas zerzaust aussieht. So fliegt unsere Wolle in Fetzen davon. Wir prügeln uns ohne zu wissen, warum eigentlich, und geraten schließlich außer Atem. Dann lassen wir voneinander ab, sind kaum verletzt, die etwas lebhafte Begrüßung ist beendet und der Rivale verlässt die Lichtung.

Während ich mich als Bär fühle, ja ein Bär *bin*, weiß ich zugleich, dass ein anderer Anteil von mir Satyendra, der Mensch ist, und dass ich darüber philosophieren kann, wie das alles zusammenhängt. Wie denke ich über den Menschen Satyendra, solange ich ein Bär bin? Kann ich wieder zurück wechseln in mein menschliches Sein? Und was müsste ich dazu tun? Ist Satyendra irgendein Mensch unter vielen oder ein ganz bestimmter, unverwechselbarer? Gibt es ihn in der Welt, in der ich als Bär lebe, wirklich, oder ist er nur eine Phantasiegestalt, ein nicht greifbares geistiges Wesen?

Ich kann mit niemandem darüber reden, da wir Bären Einzelgänger sind und unsere Brüder als Konkurrenten ansehen. In unserer gewöhnlichen Welt liegen wir mit den Menschen in

Fehde, da sie uns nicht leiden mögen und uns oft angreifen und töten, obwohl wir niemandem etwas antun und hauptsächlich von Insekten und Früchten leben. [15] Auch reißen wir keine Schafe so wie unsere Verwandten in anderen Welt-Gegenden. Wenn die Menschen uns nahe kommen, erkennen wir sie meist zu spät, da wir kurzsichtig sind; dann können wir uns furchtbar erschrecken, und dann ist bei uns und bei ihnen der Spaß vorbei.

Ich behaupte nicht, dass wir Bären alles richtig machen. Da wir hauptsächlich von Insekten leben, haben wir die schlechte Angewohnheit, beim Genuss von Honig, der so himmlisch schmeckt, die Bienen, die ihn sammeln, gleich mit aufzufressen. Sehr unvernünftig!

Zudem ist unser Jähzorn keine gute Eigenschaft. Dadurch leben wir mit den Menschen in ständiger Feindschaft, und wir schaffen es nicht, ein friedliches Zusammenleben zu vereinbaren. –

Es gelingt mir als Bär nicht, mich zugleich als Mensch zu fühlen. Nur meine Gedanken erlauben es, zu wissen, dass ich auch diesen menschlichen Anteil habe, von dem ich aber nur schwach erkenne, welche Wesensart er habe. Jedenfalls scheint der Mensch im Allgemeinen egoistisch zu sein, stets an sich selbst zu denken, und uns andere drei Teile seiner selbst entweder gar nicht zu kennen, oder uns bestenfalls als nützliches Beiwerk zu betrachten. Satyendra selbst scheint da, im Gegensatz zu vielen seiner Artgenossen, auf einem besseren Wege zu

---

[15] Offenbar handelt es sich um den Lippenbär, Melursus ursinus, der in ganz Indien und auf Sri Lanka lebt.

sein, indem er wenigsten ahnt, welche besonderen Eigenschaften und Fähigkeiten wir Drei haben, die er nicht hat, und dass wir alle Vier nur zusammen eine sinnvolle und heile Einheit bilden. Was kann ich für ihn tun? Wie denkt er über mich, wenn er sich als Mensch erlebt?

All diese Gedanken und Fragen sind mir neu, und es kommt mir so vor, dass wir, mein menschlicher Anteil und ich als Bär erstmals eine ganz ungewohnte Verbindung miteinander eingegangen sind auf bewusster Ebene, während wir für gewöhnlich zwar stets geistig, aber unbewusst miteinander verbunden sind und mit Pflanze und Mineral eine Ganzheit bilden. Dann möchte ich auch noch wissen, ob ich mich gelegentlich einmal als unsere Pflanze fühlen kann und ein andermal auch als unser Mineral?

Jetzt will ich mich als unseren menschlichen Teil fühlen! Ich setze mich auf mein Hinterteil und die Hinterbeine, trommle mit meinen Vorderpfoten auf den Boden, und

… … bin der Mensch Satyendra.

Ich bin, Satyendra, zurückgekehrt in mein menschliches Sein. Ich bin darüber glücklich, schon zwei meiner anderen, nicht menschlichen Anteile kennen gelernt zu haben, wenigstens ein wenig. Es haben sich viele Fragen ergeben und wenige Antworten. Jetzt fehlt nur noch mein mineralischer Anteil. Den Bären habe ich nicht nach etwas gefragt, nicht um Hilfe gebeten, wie der Heiler erwähnte, da ich gar keinen Abstand zu ihm hatte, der vielleicht nötig gewesen wäre, um ihn etwas zu fragen. Denn ich war er selbst geworden.

17. Menschen

Die letzte Trommel-Reise war anstrengend gewesen, und ich lege erst einmal eine Pause von zwei Wochen ein. Deyla erzähle ich alles getreulich, und sie zeigt sich genauso erstaunt und nachdenklich, wie ich es bin. Sie ist ein wenig traurig, dass nur *ich* solche Erlebnisse habe und wäre selbst gerne auch einmal gereist. Ich verspreche ihr, dass wir das nachholen werden. In unseren Gesprächen spreche ich sie oft versehentlich als Dajeela an, und sie hört das offenbar gern.

Nach zwei Wochen haben sich bei mir so viele Fragen aufgestaut, dass ich Deyla bitte, wieder zu einer Reise zu trommeln. Ich möchte mich aber nicht gerne wieder in den Bären verwandeln, sondern ich möchte mich ihm *gegenüber* sehen, um ihm Fragen zu stellen, wobei ich gleichzeitig als Mensch anwesend sein will.

Das gelingt mir nur zum Teil. Ich sehe den Bären zwar vor mir, mich selbst aber nicht mehr als Mensch, kann jedoch mit dem Bären reden.

„Lieber Bär, ich hätte da eine Frage. Du bist ein Teil von mir; bist du dies als ein ganz bestimmter Bär, ganz individuell, oder bist du dies als irgendein Vertreter deiner Art?"

„Ich bin es ganz persönlich; außerdem bin ich ein bisschen beleidigt, dass du mich nicht als Individuum erkennst. Aber nur ein bisschen, mach dir keine Sorgen. Wir Tiere als Teile der Vierheit sind Individuen, so wie ihr Menschen euch als Individuen fühlt, mit eigenem Willen und eigenem Ich-Bewusstsein. Anders ist es bei den Pflanzen; z.B. die Blätter deines

Jiaogulan [16] wirken als Arznei im Prinzip gleich von die Blätter jeder dieser Pflanzen. Pflanzen sprechen auch nicht; Wissen ist nicht ihre Aufgabe; ihre Aufgabe ist es, Kraft und Lebensenergie bereitzustellen. Die Besonderheit der Pflanzen liegt darin, dass in jeder Vierheit eine bestimmte Pflanzen-Art vertreten ist, die dieser Vierheit, und damit auch dir, lieber Satyendra, ein besonderes Gepräge gibt."

JIAOGULAN! Der Bär kennt den Namen meiner Pflanze! Ich weiß nicht viel von ihr, habe nur einmal von ihr gehört. Ich werde mich sofort darum kümmern!

„Ich kann also nicht mit meiner Pflanze reden?"

„Nein. Sie begegnet dir höchstens mit Gesten, indem sie z.B. zwei Blätter zusammenlegt wir ihr Menschen die Handflächen zusammenlegt zur Begrüßung. Oder sie verneigt sich vor dir. Das alles nur so fein, dass du es kaum wahrnimmst. Aber reden tut sie nicht. Das ist nicht ihre Natur. Reden tun wir Tiere, insbesondere wir Bären, und wir reden gerne und viel, wenn wir einen Menschen treffen, der uns zuhört, was sehr selten ist. Manche nennen uns Bären sogar geschwätzig, was ich aber für uns Bären entschieden verneine: Geschwätzig sind die Vögel, insbesondere die Spatzen; sie reden den ganzen Tag, auch wenn es gar nichts zu reden gibt. Bei uns Bären musst Du nur aufpassen, denn wir machen gerne dumme Witze und freuen uns riesig, wenn jemand darauf hereinfällt.

---

[16] Jiaogulan, Gynostemma pentaphyllum, Kraut der Unsterblichkeit, chinesisch 絞股藍 , rankende Indigopflanze, fünfblättriger Frauenkranz.

73

Wir Tiere haben eine Menge Wissen, und es wäre schön, wenn ihr Menschen daran teilhaben würdet. Wir kennen auch für euch die Wege, um Heilung zu finden, im körperlichen Sinne, im geistigen Sinne, und auch im mitmenschlichen Sinne. Wenn ihr uns nur fragen würdet!

Doch die meisten Menschen wissen gar nicht mehr, dass es uns gibt – das bezieht sich auch auf die Pflanzen und die Steine als Teil eurer Vierheit – und viele Menschen haben jeden Kontakt zu ihren drei anderen Teilen verloren; sie leben so, als ob es diese drei Teile gar nicht gäbe und werden egoistisch und materialistisch, sie können nicht mehr in der Gegenwart leben und kennen ihre Aufgabe nicht.

Dann erfinden sie so Sachen, die wir überhaupt nicht verstehen können, Geld zum Beispiel. Geld kann man nicht essen, man kann nicht darin wohnen, wenn es kalt ist, man kann sich nicht damit kleiden, kann nicht Musik damit machen und es auch nicht zur Heilung verwenden. Jedoch wird der Wert eines Menschen danach bemessen, wieviel Geld er habe, und so sind sie nur noch damit beschäftigt, Geld anzuhäufen. Und wenn einer schon viel auf einem Haufen hat, will er noch mehr Geld.[17] Doch es wächst nirgendwo, daher verstehen wir nicht, was das soll."

„Sagtest du ‚Musik‘ ?"

„Ja, Musik. Wir Bären lieben die Musik, sind aber zu ungeschickt, um selber welche zu spielen. Da seid ihr Menschen uns

---

[17] Schon in der Bibel wird vielfach darüber geklagt, wie sehr sich die Menschen vom Gelde abhängig machen.

voraus. Wenn ihr irgendwo ein Fest veranstaltet mit Musik, dann sind wir Bären nicht weit. –

Da die Menschen ihr Fell verloren haben, schaffen sie sich künstliche Felle, die sie Kleider nennen. Sie verwenden diese aber nicht nur zum Schutz gegen Kälte und Regen, sondern benutzen sie auch als Dekoration und sehen oft aus wie die Papageien, manchmal wie Pinguine, und manchmal auch wie Vogelscheuchen.

Wir Bären brauchen keine Kleider und keinen Schmuck, denn wir haben dieses wunderschöne Fell, welches uns schützt und schmückt. Wir müssen es nur sauber halten, was manchmal ein bisschen schwierig ist, wenn wir uns mit Honig bekleckert haben."

„Waren die Menschen in früheren Zeiten anders, und wie kam es, dass sie sich so sehr verändert haben?"

„Ja, natürlich. In einer vergangenen Zeit waren sich die Menschen ihrer drei anderen Anteile bewusst und konnten jederzeit mit ihnen in Kontakt treten. Das war zu der Zeit, als die Menschen noch hellsichtig waren, sogar in Vergangenheit und Zukunft schauen konnten und sich ohne Worte verständigen konnten, auch über große Entfernungen. Heute sind es nur noch wenige Heiler und Zauberer, die sich dieses Wissen und diese Fähigkeiten bewahrt haben.

Du fragst, _warum_ sich das geändert hat. Da kommst du an einen der Punkte, wo unser Wissen, das Wissen der Bären beendet ist. Wir wissen sehr viel, auch über ferne Gegenden, wo wir nie waren, auch über vergangene Ereignisse, die wir nicht

selbst erlebt haben, aber Warum-Fragen können wir nicht beantworten. Vielleicht gibt es gar kein WARUM."

„Du sprachst über die Pflanzen; wie ist es mit den Mineralien?"

„Die Mineralien sind die Weisheit in Stein geformt. Sie
reden nicht, sie ruhen in sich selbst, sie sind gelassen. Sie nehmen alles hin, so wie es ist und so wie es geschieht. Wenn sie
durch einen Vulkanausbruch geschmolzen werden, dann nehmen sie es hin, wenn die Wellen des Meeres sie rund schleifen,
dann nehmen sie es hin, wenn der Wind sie zu Sand zermahlt,
dann nehmen sie es hin. Zugleich sind sie Freude und Schönheit. Sie bilden die imposanten Berge, den Himalaya, und sie
ruhen in der Erde in den schönsten Farben und Formen als
Edelsteine. Sie haben jedoch keinen Stolz und müssen sich
nicht präsentieren, so wie der selbstgefällige Teak-Baum oder
wie die eitlen Blumen es tun. Sie haben kein Ego.

Deshalb genügt es den Edelsteinen, versteckt zu leben,
und sie lieben es nicht, von den Menschen ausgebuddelt, zu-
recht-geschliffen und hochmütige zur Schau getragen zu werden. Hochmut ist den Steinen völlig fern, ebenso wie Zorn,
Eifersucht und Angst. Wenn uns in unserer Vierheit der mine-
ralische Anteil verloren geht, verlieren wir den Sinn für Schönheit und Harmonie und werden unruhig, nervös und ziellos.

In der Entwicklung des Lebens auf der Erde waren die
Mineralien zuerst da und haben daher ein tiefes Verständnis für
die Entstehung und die Majestät des Universums. Ursprünglich
waren sie auch flüssig und haben erst später eine feste Form
angenommen.

Am Anfang unserer Entstehung waren wir nichts anderes als Mineral. Die Mineralien leben in allem weiter, was nach ihnen entstand, also in den Pflanzen, Tieren und Menschen, [18] und geben diesen allen ein gewisses Maß an Weisheit. Durch den Hochmut des Menschen ist diesem aber der Sinn für Weisheit verloren gegangen; es finden sich Reste nur noch bei wenigen Menschen, und man erkennt diese an ihrer einfachen Lebensart. Die übrigen haben den Zugang zu ihrer Weisheit verloren – obwohl sie sie immer noch in sich tragen – indem sie glauben, der Verstand sei es, der sie vor allen anderen Lebewesen heraushebt und sie zur ‚Krone der Schöpfung‘ macht. Welch eine Überheblichkeit!

Die Menschen sind von allen vier Lebensformen die dümmsten, indem sie sich für die klügsten halten. Man erkennt ihre Torheit daran, dass sie für alle sichtbar alles kaputt machen, wovon sie und wovon wir alle leben. Sie haben die Erde umgepflügt und berauben sie ihres Pflanzenkleides und ihrer Fruchtbarkeit, sie roden die Wälder, in denen wir leben und die so wichtig für alles Leben sind, und sie werfen all ihren Müll ins Wasser, so dass es uns keine Freude mehr macht, darin zu schwimmen. Wir Bären sind sehr gute und leidenschaftliche Schwimmer, im Gegensatz zu den Schimpansen, die auf halbem Wege zur Erfindung des Menschen stehen geblieben

---

[18] Rumi (1207–1273), Gründer des Sufi-Ordens Mevleví:

„Zuerst warst du Mineral, dann Pflanze, dann Tier, dann Mensch. Du wirst ein Engel werden, und auch das wirst du hinter dir lassen. Es warten noch tausend weitere Existenz-Formen auf dich. Was du dir nicht vorstellen kannst, das wirst du sein." s. Anlage 4.

sind und nicht schwimmen können; das ist doch einfach lächerlich!

Es könnte uns ja egal sein, was die Menschen machen, wenn sie nicht auch uns Tieren und Pflanzen so viel Leid zufügen würden, so dass wir bald hier gar nicht mehr leben können. –

Lieber Satyendra, ich freue mich sehr, dass du mir so aufmerksam zuhörst, aber auch du wirst diese Wandlung nicht aufhalten können. Die Menschen sind ein Irrtum der Schöpfung, zu unser aller Leid. Und vielen Dank an Dajeela, dass sie dir bei deinen Reisen behilflich ist."

18. Deyla

Jetzt habe ich, nach all diesen schönen Erfahrungen, immer noch keine Antwort auf die Frage bekomme, wie ich Dajeela/Deyla aus ihrer Traurigkeit heraushelfen kann. Obwohl sie bei Hofe, von meiner Mutter, meiner kleineren Schwester, von Ganesh und von mir, von Ihrer Familie in der Stadt, ihren Eltern, ihrem Bruder liebevoll umsorgt wird, obwohl Dajeela im Körper von Deyla zu einem guten Teil sie selbst sein kann, ist die Traurigkeit nicht von ihr abgefallen. Nur wenn sie mit Baloo auf dem Elefanten sitzt, ist sie glücklich. Unser Sohn Baloo-Bärchen nennt sie Leela, was wir anderen übernommen haben.

Dass die Seele Dajeela's in Deyla lebt, ist bei uns jetzt Allgemeingut geworden. Nur Dajeela's Eltern wollen davon nichts wissen. – Deyla's Eltern hingegen sehen Deyla nach wie vor als ihre Tochter an, trotz ihres seltsamen Benehmens, und akzeptieren Ganesh als ihren zukünftigen Schwiegersohn.

Ich beschließe, den Bären zu fragen. Da ich ja nur in der Vision mit ihm rede und nicht mit meinem Munde, wird Dajeela nichts davon mitbekommen.

„Mein lieber Bär, ich hoffe, es wird dir nicht zu viel, wenn ich dich schon wieder etwas frage."

„Mein lieber Satyendra, es wird mir nie zu viel, wenn deine Fragen ehrlich sind und von Herzen kommen. Ja, ich sehe es geradezu als meine Aufgabe an, dir zu helfen, denn ich bin ein Teil von dir und du bist ein Teil von mir. Ebenso wird es dir mit deinem JIAOGULAN und deinem GOLD gehen, obwohl diese ja nicht reden, sondern dir Kraft und Weisheit schenken.

Ja, es ist schon sehr gut, dass ihr Deyla alle so gernhabt. Auch sie sollte die Verbindung zu ihren anderen Anteilen suchen. Bist du noch nicht darauf gekommen? Wie egoistisch bist du, Satyendra?"

„Können wir dieselbe Trommel benutzen?"

„Nein, die Trommel ist etwas sehr Persönliches, das solltest du eigentlich wissen, und dass Deyla sie für dich schlagen darf, ist soweit in Ordnung. Doch Deyla sollte sich eine eigene Trommel beschaffen, wenn sie eigene Reisen machen will, und sollte diese ihre eigene Trommel angemessen willkommen heißen."

Ich bin beschämt ob meiner mangelnden Empfindsamkeit und werde noch viel dazulernen müssen. – Ich habe den Eindruck, dass Deyla bei unseren Trommelreisen ein wenig ungeduldig wird, und versuche vorsichtig, sie auf den Ratschlag meines Bären einzustimmen. Wir hatten noch nie daran gedacht. Deyla verhält sich verständnislos so, als ob sie überhaupt nicht verstehe, wovon ich rede. Was ist los?

Am Abend erfahre ich von Ganesh, dass Deyla schwanger sei, und dass sie beide in den nächsten Tagen in der Stadt bei Deyla's Eltern heiraten wollen. Das kommt, gelinde gesagt, ein wenig überraschend. Ich schließe mich ein, trinke ein Glas Wein und weine. Ist das nun eine Lösung, eine Erlösung, oder das Ende?

Deyla ist kaum noch ansprechbar, Ganesh redet sich mit seinen Regierungs-Geschäften heraus, und ich bin wie vor den Kopf geschlagen. Zu gleicher Zeit geht es meiner Mutter schlechter. Wir alle kümmern uns sehr um sie, befürchten aber, dass sie bald sterben werde. Ich fühle mich allein gelassen. Mein Vater ist gestorben und wird im Norden posthum verehrt, meine ältere Schwester regiert im Norden, meine jüngere Schwester hat im Hause zu tun, meine Ehefrau lebt jetzt in Deyla weiter, und mein bester Freund Ganesh will Deyla heiraten. Da nützt mir meine Fürsten-Würde wenig. Man kann sehr einsam sein als Herrscher eines großen Landes. Nur Baloo-Bärchen, inzwischen 8 Jahre alt, ist immer fröhlich und für alle da. –

✳✳✳✳✳

GOLD? Sagte er ‚GOLD‘?

Ist das _mein_ Mineral? Bin das _ich_?

Ich hatte zu Gold immer ein zwiespältiges Verhältnis. Einerseits erfreut es mich ob seiner Reinheit und Schönheit, ob seiner Farbe und seines Glanzes, andererseits stört mich, dass sie es verwenden, so als wäre es noch besser als Geld, und es stört mich, dass die Menschen sich selbst und alles Mögliche damit aufwerten wollen, indem sie sich damit behängen und es als Dekoration verwenden. Was kann das unschuldige Gold dafür?

Jetzt habe ich eine Menge zu tun: Jiaogulan erkunden, mir reines Gold besorgen, der Frage nachgehen, wo Deyla's Seele geblieben ist, als sie Deyla's Körper verließ und Dajeela's Seele Platz machte, nachschauen, ob ich mit allem einverstanden sein kann, was Ganesh macht. Ganesh ist streng und entschieden und ist nicht überall beliebt.

Und vor allem: Wie kann ich Leela aus ihrer Traurigkeit helfen? Jetzt habe ich, nach all diesen Erfahrungen, immer noch keine Antwort auf diese Frage bekomme. Eine Antwort liegt vielleicht im Jiaogulan und im Gold?

Da kommt mir ein sehr einfacher Gedanke, und ich wundere mich, ihn nicht schon früher gehabt zu haben, ist doch das Wissen um die Reinkarnation bei uns Allgemeingut: Deyla's Seele hat sich nach Deyla's Scheintod von ihrem Körper getrennt und ist ganz normal, so wie jede andere Seele, wenn der Körper stirbt, ins Jenseits eingegangen, trifft dort Freunde und Ratgeber, wird sich demnächst vor dem Rat der Großen Meister verantworten müssen, wird mit Hilfe ihrer Freunde und Ratgeber ihr nächstes Leben planen und wird BALD wiedergeboren werden.

Wieso kommt mir der Gedanke ‚BALD'? Vielleicht, weil mich das an Dajeela's Tod erinnert. Dajeela ist gestorben, und Deyla ist gestorben, beider Seelen werden ‚BALD' wiedergeboren. Das wäre nicht verwunderlich.

19. Jiaogulan

JIAOGULAN muss etwas ganz Besonderes sein; nicht irgendein Kraut, nicht irgendeine Heilpflanze, sondern etwas ganz Ungewöhnliches. Außerdem ist JIAOGULAN ein Teil von mir. Also gehe ich auf die Suche.

Zunächst weiß niemand etwas davon. Dann treffe ich alte Leutchen, die davon gehört haben und mich in ein anderes Dorf verweisen. Dort spreche ich mit einem Heilkundigen, der mir rät, das Kraut in der Wildnis zu suchen. Aber wie soll ich es erkennen? In einer Trommel-Reise mit Deyla hatte ich die Pflanze einmal gesehen, kann mich aber nicht mehr so genau erinnern. Daher gehe ich in Meditation und versuche, die Pflanze genauer zu sehen. Sie nimmt jedoch verschiedene Formen an, einmal mit Blüten, einmal ohne, einmal imposant groß, einmal klein: Will sie mich narren oder sich vor mir verstecken? Wonach soll ich suchen? Und wo? Also: So geht das nicht!

Ich höre eine innere Stimme, die sagt: „Gehe zu den Chinesen!" Das ist nun allerdings naheliegend, denn der Name Jiaogulan ist offensichtlich chinesisch. Ich habe gehört, dass in unserer Gegend eine chinesische Familie wohne. Nach langem Suchen mache ich sie ausfindig und treffe sogleich die ganze Familie. Sie empfangen mich mit den bei ihnen üblichen umfangreichen Gesten und Worten, und ich bemühe mich, nicht allzu sehr daneben zu liegen mit den mir geläufigen Höflichkeiten.

Während des lang anhaltenden Teetrinkens tauschen wir, teils auf Chinesisch, was ich nicht verstehe, teils in einer Mischung aus den bei uns gesprochenen Dialekten, die üblichen Neuigkeiten aus. Vater, Mutter und Kinder nennen mir auch ihre Namen, die ich weder verstehe noch aussprechen kann, ebenso wie ihr Alter, welches mir zehnmal so hoch erscheint, wie ich es einschätze. Vielleicht rechnen sie ihr Alter in Monden und nicht in Jahren.

Schließlich bringe ich mein Anliegen vor, wahrscheinlich viel zu früh, und stoße auf große Freude, viel Gelächter und Hände-Klatschen bei allen. Der Vater führt mich in den Garten, Frau und Kinder tippeln hinterher.

Dort erwartet uns, neben vielen anderen Pflanzen, ein herrliches Beet mit Jiaogulan-Pflanzen, jüngeren und älteren, größeren und kleineren. Einige wachsen in der Erde, andere in Blumentöpfen, einige Triebe in Gläsern im Wasser.

Die umfangreichen Erklärungen des Vaters, stets begleitet von eifrigem Kopfnicken der anderen, verstehe ich nur zu geringem Teil. Als ich jedoch gezielte Fragen stelle, geht es etwas besser. Ich erfahre, dass es nicht schwer sei, Jiaogulan zu ziehen, wenn man einige Regeln beachte. Ich merke mir alles ganz genau und werde zu einem Essen eingeladen mit Reis und Tofu, Salat aus heimischen Kräutern und Jiaogulan. Noch fündiger hätte ich nicht werden können.

Zum Abschied bekomme ich einen kleinen Blumentopf mit einer Jiaogulan-Pflanze geschenkt und komme in große Schwierigkeiten, mit welchem Geschenk ich mich bedanken kann. Ich habe auch nichts weiter dabei, aus dem ich hätte auswählen können. Oder fragen wir umgekehrt: Was könnte es sein, was diesen Menschen Freude bereitet?

Ich erinnere mich an meine Fähigkeiten als Tabla-Spieler, suche etwas, was als Trommel geeignet wäre und finde tatsächlich so etwas wie eine Art DAF, setze mich entsprechend hin und trommle den erstaunten Menschen meine besten Rhythmen, und es gelingt mir ganz gut. Die ganze Familie ist begeistert, die Kinder Trommeln immer noch auf Tischen und Bänken herum, wir überschütten uns gegenseitig mit Dank, und ich meine, kein schlechtes Gewissen haben zu müssen. Am liebsten hätten mich die lieben Leute gleich dabehalten. Selbstverständlich werde ich ihnen ein schönes Geschenk zum Anfassen, wahrscheinlich für die Kinder, zusenden.

Zu Hause angekommen, suche ich für die Pflanze den schönsten Platz, setze mich vor sie hin und fühle mich eine Stunde lang in sie ein. Sie spricht zwar nicht, jedoch habe ich Gedanken, die von ihr zu kommen scheinen. Ihre Eigenschaft sind Stärke, Durchhaltevermögen, Entschlusskraft, Risikofreude, das Überkommene zu lassen, Lust auf Veränderung.

Diese Eigenschaften waren mir abhanden gekommen, die gegenteiligen Kräfte hatten mich erfasst, vielleicht durch falsche Gewohnheiten, falsche Ernährung, falsche Freunde, falsches Denken. Jedoch habe ich durch den Heiler und den Verzehr eines kleinen Blättchens einen Teil dieser Fähigkeiten bereits zurückbekommen.

Die Blätter des Jiaogulan als Salat zu essen, ist in China üblich, ist für die meisten Menschen nur ein wohlschmeckendes Gemüse und vielleicht ein nützliches Nahrungsmittel oder sogar ein Heilkraut.

Für die ganz wenigen aber, die Jiaogulan als einen ihrer vier Wesens-Anteile besitzen, lösen sich bei Verzehr von größeren Mengen auf die Dauer die genannten besonderen Eigenschaften in nichts auf. Zu diesen wenigen Menschen gehöre ich, und wir haben womöglich einen großen Fehler gemacht, die chinesische Familie natürlich unwissentlich. Was nun tun? –

Die kleine Pflanze, die ich geschenkt bekam, kann ich fast beliebig vermehren, dafür habe ich die Anweisungen bekommen, jedoch werde ich sie nur soweit ziehen, wie sie mir als ganz besondere Medizin dienen kann, es sei denn, es kommt jemand, der dieselbe Pflanze auch als seinen pflanzlichen Anteil hat. Das zu erkennen wird nicht leicht sein, denn die meisten Menschen wissen von diesen Dingen gar nichts. Daher bitte ich mein Jiaogulan, mir ein Zeichen zu geben, wenn das der Fall sein sollte. Gibt es viele Menschen, die Jiaogulan als ihren pflanzlichen Wesens-Anteil haben?

Ich setze mich jetzt jeden Tag in meditativer Stille vor die Pflanze hin und lerne sie – also mich – immer besser kennen.

20. Gold

Mir erschließt sich eine Welt voller Geheimnisse, von denen ich nicht die geringste Ahnung hatte. Meinen tierischen Anteil und meinen pflanzlichen Anteil habe ich schon ein klein wenig kennen gelernt, was ist aber mit meinem Gold? Mein Bär meint, das meiste Gold im Gebrauch sei durch die vielen Prozesse, denen es die Menschen unterworfen haben zur Reinigung und Verarbeitung, verunreinigt und für meine Zwecke ungeeignet.

85

Jetzt wird es aber schwierig, denn in unserem Land gibt es kaum Goldvorkommen. [19] Das ist ein bisschen unverständlich, findet man doch in den alten Tempeln riesige Gold-Statuen, und kein Mensch weiß, woher das viele Gold kam.

Ich frage meinen Bären. Er führt mich in die Bibliothek meine Vaters und zeigt mir eine alte Karte, auf der winzige Markierungen mit unserem Schrift-Zeichen für Gold zu sehen sind. Auf Gut-Glück einen dieser Orte besuchen? Mein Bär zeigt mir einen dieser Orte, und ich mache mich auf den Weg.

Nach drei Tagen komme ich an einen Ort mit Erdhaufen und Geröll, Holzbalken, Schubkarren und Werkzeug, kleinen Hütten und Wasserstellen. Eine Schürfstätte? Einige Arbeiter sind zu sehen, die gebeugt gehen, die Kleider voller Lehm, und einer, der besser gekleidet ist, also wohl der Chef.

Ich wende mich an den Chef und trage ihm mein Anliegen vor. Er versteht nicht recht, was das soll und erklärt mir, dass es ganz unmöglich sei, ein Stückchen Gold abzuzweigen, da die Arbeiter strengste Anweisung haben, kein Gold herauszuschmuggeln. Reine Stücke Gold seien sowieso sehr selten, allenfalls müsse ich mich mit einem kleinen Goldkorn zufrieden geben. Es bestehe in der Stätte großer Mangel an Arbeitern, da es sehr schwere Arbeit sei und der Besitzer der Grube sie schlecht bezahle.

---

[19] In Indien gibt es bis heute, 2021, keine großen Fundstätten für Gold, deren Ausbeutung in größerem Stil sich lohnen würde. Tatsächlich ist die Herkunft der Goldschätze in den Tempeln unbekannt, obwohl es natürlich viele Theorien dazu gibt.

Wenn ich also wolle, könne ich mich als Arbeiter verdingen und man werde weitersehen. Er erkennt wohl, dass ich jung und kräftig bin. Zunächst müsse ich jedoch eine zweiwöchige Ausbildung absolvieren, da die Arbeit sehr anspruchsvoll, schwer und gefährlich sei, und man werde entscheiden, ob ich für die Arbeit geeignet sei.

Ich bin einverstanden, sattle mein Pferd ab und mache mich bereit, dort zu bleiben. Da der Chef sieht, dass ich fest entschlossen bin, die Arbeit anzunehmen, besinnt er sich und führt mich in eine der Hütten, die von wütend aussehenden Hunden bewacht wird. In der Hütte ist es dunkel, so dass ich zunächst gar nichts sehe; nach einer Weile gewöhnen sich meine Augen jedoch ein wenig und der Chef zündet eine Kerze an. Er schaut mich immer noch ein wenig verständnislos an, öffnet umständlich eine Schatulle und zeigt mir ein paar Gold-Körner.

„Dies ist reines Gold, so wie wir es gefunden haben, unbehandelt, so wie du es wünschest. Meistens finden wir im Lehm nur Gold-Staub, den wir mühsam herauswaschen müssen. Wenn du nach der Probezeit zwei Monate bei uns fleißig arbeitest, kannst du so viel Geld verdienen, dass du dir ein solches Goldkorn kaufen kannst."

Glücklicherweise hatte ich genügend Geld mit auf meine Expedition genommen, und zwei der Münzen sind sogar Goldmünzen, für den Fall, dass unser Geld dort, wohin ich käme, nicht gültig wäre. Ich frage den Chef nach dem Preis eines Goldkorns und er bescheidet mich, der Preis sei der Lohn für zwei Monate Arbeit. Ich biete ihm eine der Münzen an, er scheint begierig, tut jedoch so, als sei das viel zu wenig, erklärt sich schließlich großzügig zu dem Handel bereit, und wir tauschen Gold gegen Gold.

Ich bedanke mich, raffe meine Sachen zusammen, sattle mein Pferd und presche davon, so schnell die Hufe uns tragen. Niemand wird mich einholen können, denn mein Pferd ist schnell.

Zu Hause angekommen, betrachte und befühle ich das Goldkorn von allen Seiten, beschließe, es immer bei mir zu tragen, damit es nicht abhanden kommt, und vor allem, damit ich immer Kontakt zu ihm habe. Zunächst aber setze ich mich vor das Goldkorn hin und gehe mit ihm in Meditation. Ich erfahre: Es wird mir zu guten Entscheidungen verhelfen, die mir und der Welt gemäß sind. Es wird mir zur Ruhe verhelfen und die Ereignisse mit Abstand zu betrachten. Es wird mich davor bewahren, Wege zu gehen, die ins Unglück führen. Alles ergänzt sich wunderbar mit meinem Jiaogulan.

Jetzt habe ich alle meine Anteile beisammen. Werde ich jetzt ein besserer Mensch? –

Ich muss allerdings gestehen, dass ich die Welt, in der ich meinem Bären begegne, immer noch als unwirklich, nur in der Vision sichtbar, ansehe, während ich meine Pflanze und mein Mineral ‚tatsächlich‘, also in unserer menschlichen Welt, in Händen halte. Werde ich meinem Bären auch in unserer menschlichen Welt begegnen können? Ich werde ihn fragen.

Noch weitere Dinge sind zu erforschen: Kann ich mich in meine Pflanze, mein Jiaogulan, verwandeln, mich als Jiaogulan fühlen, erfahren und wissen, wie es sich anfühlt, Jiaogulan zu sein? Werde ich, wenn es mir gelingen sollte, mich als meine

Pflanze zu fühlen, wissen, dass mein menschlicher Anteil Satyendra ist? Werde ich problemlos in mein menschliches Sein zurückkehren können?

Und das Gleiche gilt für mein Gold? Geht das genau so, so ähnlich, oder ganz anders? Eine große Zahl von Forschungsaufgaben! Bin ich berufen, Dinge wieder zu entdecken, die früher reine Selbstverständlichkeiten waren, die aber verloren gegangen sind? Sind diese Dinge, zwar verschüttet und vergessen, jedoch unverändert erhalten geblieben, und warten sie darauf, wieder bewusst zu werden, wieder gewusst zu werden?

Oder gibt es gute Gründe dafür, dass diese Dinge vergessen wurden, und dass diese Welt so ist, wie sie ist?

Je mehr wir von der sichtbaren Welt wissen, umso mehr vergessen wir die unsichtbare.

Teil 3. Der Sanskritor

21. Die Flut

Wasser fällt in großen Mengen vom Himmel. Gleichzeitig weht ein starker Wind, und gewaltige Fluten überschwemmen das ganze Land.

Das Wasser reißt alles mit sich, was nicht fest in der Erde verwurzelt ist. In den Fluten werden davon gespült: Büsche, Äste und Laub, Holz in allen Formen, kleine Bäume, kleine und große Tiere, Möbel, unsere vielen Häuschen, die wir für Gäste gebaut hatten, Tücher und Kleider, Schuhe und Geschirr, kurz alles, was es auf unserem Hof und darum herum einmal gab. Und Unmengen von Lehm. Selbst der Elefant hat Mühe, sich gegen die Fluten zu stemmen. Nur die alten Bäume können widerstehen und das Haupthaus unseres Hofes. Wir Menschen sind, zusammen mit vielen Tieren, auf eine Anhöhe geflüchtet und halten uns gegen den Sturm an den Bäumen fest.

Etwa alle zehn Jahre verwandelt sich der Monsun in ein solches Unwetter, aber das, was in diesem Jahr geschieht, hatte ich noch nie erlebt. Wir sind an die Launen des Monsun gewöhnt und sind ihm keinesfalls böse, dann er lässt uns alle leben und wachsen; ohne den Monsun wäre unser Land eine Ödnis ohne Vegetation, ohne Tiere und ohne Menschen. So leben wir versöhnlich mit dem Monsun, fürchten und bewundern ihn und bilden mit ihm eine Lebensgemeinschaft.

Sind diese Rasereien des Monsun Ausbrüche von Wut, Ausdruck von überschießender Lebensfreude, oder sind sie eine Strafe für uns Menschen? Ich werde einmal schauen, ob ich mit dem Monsun ins Gespräch komme.

Während der Zeit der stärksten Flutwellen, als wir auf dem Hügel festsaßen, waren die Verhaltensweisen der Menschen zu erkennen, und ich gestehe, dass ich ein aufmerksamer Beobachter war. Einige waren nur um das Gemeinwohl bemüht, andere dachten zuerst an sich selbst. Insgesamt hat aber das Ereignis unsere Gemeinschaft gestärkt, auch indem wir unsere Stärken und Schwächen gegenseitig angenommen haben.

Manchmal frage ich mich, ob es ein Vorteil ist, sich selbst so genau zu beobachten. Ist es gut, sich stets zu fragen: Warum mache ich das jetzt? Handle ich wirklich so, um zu helfen, oder handle ich so, um meiner Rolle gerecht zu werden, nicht unangenehm aufzufallen, und nachher gut da zustehen? Ist es nicht einfacher, einfach so zu sein, wie man ist: Egoistisch oder altruistisch, bescheiden oder wichtigtuend, optimistisch oder pessimistisch, aggressiv oder defensiv? – Selbstverständlich setze ich alle meine Kräfte ein, packe überall mit an, und erwarte keine fürstlichen Vorrechte.

Der Mahout ist bei seinem Elefanten und redet diesem gut zu, um ihn zu beruhigen. Der Elefant schützt gleichzeitig den Mahout; beide sind ein einziges Wesen. Der Mahout und meine jüngere Schwester kümmern sich beide rührend um Baloo und bilden zusammen mit dem Elefanten zu viert eine Familie, und es bleibt nicht lange ein Geheimnis, dass sich dort etwas anbahnt.

*****

Nachdem das Wasser abgeflossen ist und wir ins Haupthaus zurückkehren, können wir wieder Nahrung zu uns nehmen, die wir in den Notvorräten finden. Die Notvorräte wurden seit Menschengedenken für diese Fälle angelegt und stets erneuert, und wir haben reichlich davon, so dass wir auch unseren Nachbarn davon abgeben können.

Viele unserer Tiere sind umgekommen, so etwa Kühe, Schafe und Ziegen, doch unsere Pferde haben alles überlebt. Wir hatten sie losgebunden, sie sprangen aus den Koppeln und retteten sich ins Trockene. Wie ich schon sagte, sind unsere Pferde die besten, die zähesten, die schnellsten, die intelligentesten und die treuesten. Zum Schluss kommen sie alle zu uns zurück.

Deyla und Ganesh sind während der Flut in der Stadt, die an einem Hang errichtet wurde; die Häuser sind stabil gebaut und trotzen Wind und Wetter, das Wasser kann leicht die Straßen hinab ablaufen nach unten in den Fluss. Der Fluss schwillt an zu einem Angst machenden Ungeheuer, wie noch nie gesehen, und reißt alles mit sich, was sich ihm in den Weg stellt: Häuser und Brücken, Bäume und Boote, Esel und Karren.

Es dauert ein Jahr, bis alles wenigsten ungefähr so wieder hergerichtet ist, wie es einmal war, bis wir wieder ein einigermaßen normales Leben führen können, und nicht mehr nur die Flut und ihre Folgen das einzige Gesprächsthema sind. Das Wichtigste ist, Landwirtschaft und Gärten wieder in Gang zu bringen nach all den Verwüstungen. Fruchtbare Erde haben wir genug.

22. Deyla's Tochter

Während wir noch mit der Wiederherstellung unserer Lebenswelt beschäftigt sind, bringt Deyla in der Stadt eine Tochter zur Welt. Deyla's Mutter ist ihre Hebamme und ist überrascht und tief bewegt, als sie in den ersten Minuten nach der Geburt das Kind in den Händen hält und anschaut und erkennt, dass das Kind genauso aussieht wie Deyla bei deren Geburt. Deyla's Mutter sieht in dem Kind ihre eigene Tochter.

Deyla stirbt im Wochenbett, und die Trauer ergreift uns alle mit Verwirrung und Unglauben. Zurück bleibt eine Leere in unseren Köpfen und in unserer Gemeinschaft.

Umso mehr ist Deyla's Mutter jetzt um das Kind bemüht und lässt es nicht mehr aus den Augen. Sie verwöhnt es, hegt und pflegt es, so als wäre es ihr eigenes Kind. Sie ist glücklich, endlich ihre Deyla wieder bei sich zu haben, hatte die Erwachsene Deyla doch ihr Wesen so sehr verändert.

Ganesh ist inzwischen in der Familie Deyla's und seiner Tochter überflüssig geworden und fühlt sich dort wie das fünfte Rad am Wagen. Er kehrt daher auf unseren Hof zurück und nimmt seine Regierungsgeschäfte wieder auf, soweit es in der Zeit des Wiederaufbaus möglich ist. Nach und nach normalisiert sich aber auch die Arbeit am Fürstenhof, welcher das Herz unseres großen Landes ist.

Für mich selbst ist der Tod Deyla's mit heftigen Gefühlen verbunden, hatten wir doch lange zusammen gelebt und gearbeitet, hatte sie mich so hilfsbereit auf meinen Trommel-Reisen begleitet und Anteil genommen, und war längst mit Ganesh zusammen ein Teil unserer Familie geworden.

Was mich aber am meisten bestürzt ist, dass ich nun in Deyla nicht mehr meiner über alles geliebten Dajeela begegnen kann. Sie ist einfach verschwunden! Es stürzt mich in tiefste Trauer. Dajeela ist zum zweiten Mal gestorben. –

Deyla's Tochter wächst unter der Obhut von Deyla's Mutter heran, und sobald sie greifen kann, greift sie nach allem, was Deyla einmal gehörte, wie z.B. nach Kleidern, Tüchern, Schmuck. Und als sie anfängt zu sprechen, sagt sie dabei zunächst ‚eya‘, etwas später ‚eyla‘ und noch etwas später ‚Deyla‘. Allerdings erkennt sie nur solche Sachen, die Deyla schon vor ihrer Verwandlung besaß. Es fällt auf, dass sie Sachen, die Deyla sich erst nach ihrer Verwandlung zugelegt hatte, achtlos liegen lässt. So ist die Familie, und ganz besonders die Mutter, vollkommen überzeugt, dass das kleine Mädchen die wiedergeborene Deyla ist. Die Mutter kleidet sie so, wie sie einst ihre Tochter Deyla als Kind gekleidet hatte, und die Lieblings-Speisen und Lieblings-Spielzeuge der Kleinen sind die gleichen, die es einst bei ihrer Mutter Deyla gewesen waren.

Die Anerkennung des kleinen Mädchens als die Wiedergeburt der verstorbenen Deyla stößt in der Familie und in der Nachbarschaft durchaus auf Zustimmung, ist doch das Wissen um die Reinkarnation allgemein verbreitet. Das Besondere an dem Fall ist allerdings, dass das kleine Mädchen die Wiedergeburt ihrer eigenen Mutter ist.

23. Meine große Schwester
kehrt aus dem Norden zurück

Unsere Mutter ist gestorben. Wir haben sie lange durch ihre Krankheit begleitet, und meine jüngere Schwester und ich saßen an ihrem Sterbebette. Mit ihrem Tode ist ein Zeitalter zu Ende gegangen.

Meine ältere Schwester eilt aus dem Norden zur Trauerfeier herbei, in Stiefeln und Kriegs-Kleidung, und ist ganz die, die wir schon einmal als Kämpferin kennen gelernt hatten. Als sie sieht, wie es hier so zugeht, entmachtet sie als erstes Ganesh, der sich zum Diktator entwickelt hatte und inzwischen überall unbeliebt ist. Sie weist Ganesh nur ganz bestimmte, begrenzte Aufgaben zu, überprüft die Ergebnisse, und nimmt selbst das Zepter in die Hand. Bald stellt sich heraus, dass sie jetzt auf Dauer hier bleiben will, um unseren Hof wieder zum richtigen Mittelpunkt des Landes und der Regierungs-Geschäfte zu machen.

Es dauert nicht lange, bis der Hof nicht mehr nur aussieht wie ein Bauernhof, sondern ebenso wie ein Heerlager. Junge Leute werden im Kriegs-Handwerk ausgebildet, und meine Schwester bringt es fertig, sie trotz strenger Disziplin bei Laune zu halten. Sie müssen mit den Waffen umgehen können, die Kampfeskünste beherrschen, und schlimme Strapazen aushalten.

Die Pferde werden auf den Kampf und auf schnelle und lange Ritte eintrainiert. Bei uns sieht es jetzt so aus, als wären wir immer noch im Krieg – zumindest sind wir bestens darauf vorbereitet. Diese Stimmung breitet sich auch im ganzen Süden unseres Landes aus; im Norden ist es wohl eh schon so, da meine Schwester dort sicher nicht anders war als jetzt bei uns. Im Norden hat sie für verschiedene Landesteile Stellvertreter eingesetzt, die ihr regelmäßig berichten müssen und von ihr regelmäßig Order erhalten.

24. Der Fürst repräsentiert im Norden

Meine Schwester hat aus dem Norden die Botschaft mitgebracht, dass die Menschen dort endlich einmal den Fürsten des Landes zu sehen wünschen. Alles sei schon vorbereitet und ich könne mich dem nicht entziehen. Also mache ich mich auf den Weg. Meine Schwester hat an ihre Statthalter Anweisung gegeben, wie ich zu empfangen sei und wie alles abzulaufen habe.

Im Norden angekommen, werde ich mit allen Ehren empfangen und sogleich neu und fürstlich eingekleidet. Man entschuldigt mein gewöhnliches Aussehen mit dem langen Ritt.

Nach drei Nächten des Ausruhens und der Eingewöhnung findet nun ein großes Fest statt, zu dem die Menschen aus allen Teilen des Nordens herbeiströmen.

Man hat einen Festwagen gebaut, der von vier Pferden gezogen wird, und auf dem ich würdevoll Platz nehme. Für meine Vorbeifahrt wurde extra eine Straße angelegt, die besonders eben und glatt ist, und an deren Rand die Menschen sich ansammeln und mir zujubeln. Ich winke ihnen huldvoll zu. Eine Erfahrung, die ich so auch noch nicht gemacht hatte. Ich genieße dieses Spektakel. Am Nachmittag geht das Ganze über in ein großes Fest mit Tanz und Gesang, mit vielerlei Speisen und doch wohl auch etwas zu viel Wein.

Am übernächsten Tage empfange ich mit fürstlichem Gehabe die Repräsentanten des Nordens, die meine Schwester eingesetzt hatte, lasse mir Bericht erstatten und gebe meine, zugegebenermaßen etwas allgemein gehaltenen Anweisungen, die ich jedoch mit großem Ernst und Nachdruck vorbringe. Man ist offenbar beeindruckt und gelobt deren Umsetzung.

Am nächsten Tage bin ich gebeten, die Schrift „Siegen ohne zu Kämpfen" auszulegen. Die Schrift hat im Norden große Popularität erlangt in Erinnerung an den letzten Krieg und sein siegreiches Ende. Die Schrift wurde vielfach kopiert, wobei meine Schwester strengstens darauf achtete, dass sie stets auf den Buchstaben genau kopiert wurde und in schöner Schrift, und mir wird ein Exemplar überreicht mit der Bitte um Begutachtung.

Es ist tatsächlich gelungen mit nur ganz geringen Ungenauigkeiten. Bei den Übersetzungen in andere Sprachen, die es in unserem Lande auch gibt – nur wenige Menschen sind des Sanskrit mächtig – können wir natürlich nicht so genau überprüfen, ob alles ganz genau richtig ist. Daher gilt das ursprüngliche Exemplar meines Vaters als heilig, unantastbar, und als Bezugspunkt für alle Abschriften. Es ist schon etwas zerlesen und wird im Mausoleum wie eine Reliquie aufbewahrt. Es entsteht das Märchen, dass mein Vater im Kampfe verwundet wurde und an den Folgen starb, wie das so ist mit der Entstehung von Legenden.

Bei der Auslegung der Schrift kommt mir zugute, dass ich diese schon mehrfach gelesen hatte und sie daher ganz gut kenne. Indem ich noch etwas über das alte China, den Daoismus, und die Entstehung der Kampfkünste hinzudichte, entsteht doch eine ganz passable Präsentation, die allgemeine Bewunderung und Applaus erfährt. Ich lasse es mir nicht nehmen, darauf hinzuweisen, wie wichtig die genaue Übertragung der Schriftzeichen sei, zeige dies auch an einigen ausgewählten Zeichen, und frage nach, ob jemand den Text der Schrift auswendig hersagen könne, denn die mündliche Überlieferung sei doch immer die bessere. Es meldet sich tatsächlich ein junger Mann, der offensichtlich des Sanskrit mächtig ist und einige Sätze auswendig aufsagt, zum Erstaunen und zur Bewunderung der Anwesenden.

– Fürst zu spielen ist doch auch ganz schön. –

Mit Feuerwerk und lauter Musik werde ich am übernächsten Tage verabschiedet, mit Botschaften an meine Schwester im Gepäck, und nach einigen Tagen schnellen Rittes komme ich wieder in meine rustikale Heimat zurück.

25. BALOO

Mein Sohn Baloo ist jetzt 12 Jahre alt. Er musste seit 9 Jahren ohne seine Mutter Dajeela auskommen.

Deyla, die in ihren letzten 8 Jahren von der Seele Dajeela's bewohnt war, war ihm eine Mutter geworden, denn er erkannte Dajeela in Deyla und nannte dieses doppelte Wesen Leela. Doch auch Leela ist verstorben, und es ist eine Freude zu sehen, wie Baloo eine neue Familie gefunden hat, bestehend aus ihm selbst, meiner jüngeren Schwester, dem Mahout und dem Elefanten.

Baloo ist jetzt alt genug um zu verstehen, dass er der Urenkel eines großen Kriegsherrn ist, der Enkel eines bedeutenden Strategen und schließlich der Sohn von Dajeela und mir. Und es wird ihm langsam klar, dass er einst ein Fürst sein wird, wobei ich ihm allerdings kein gutes Vorbild bin. Doch fragt er mich, was sein Urgroßvater gemacht habe und sein Großvater, und ich kann ihm an langen Abenden davon erzählen. Es ist fast so wie Märchen erzählen, doch Baloo fängt an zu erkennen, dass es wahre Geschichten sind, so unwahrscheinlich sie auch klingen mögen.

Und dann ist da noch seine Tante, meine ältere Schwester, die unseren Hof in ein Kriegslager verwandelt hat, und im Zusammenhang mit den Berichten von seinem Urgroßvater und seinem Großvater und von den zwei Kriegen versuche ich ihm zu erklären, welchen Sinn das hat und was meine ältere Schwester antreibt. Und Baloo ist schon fleißig bei den Übungen dabei, soweit sein Alter und die Kriegsherrin es erlauben, und er interessiert sich für alles Gerät, die Waffen, die Pferde, ist selbst schon ein guter Reiter, auch ohne Sattel, kurz gesagt: Er will selbst ein Krieger werden, und wenn möglich, sogar ein Anführer.

Mit seinen 12 Jahren hilft er schon kräftig bei der Ausbildung der jungen Krieger mit, zeigt ihnen den Gebrauch der Waffen, wie man die Stiefel pflegt und wie man den Rucksack packt. Wenn die jungen, etwa 18-jährigen Rekruten zu uns kommen, sind sie zunächst verwundert, nehmen Baloo aber bald als Trainer an, wenn sie sehen, dass er wirklich gute Kenntnisse hat. Beim Reitunterricht ist Baloo recht ungeduldig, wenn die Neulinge sich so dumm anstellen, kaum auf das Pferd hinaufkommen und umso schneller wieder herunter.

Baloo, mein Sohn, scheint das genaue Gegenteil von mir zu sein.

*****

Eines Tages fragt Baloo mich: „Papa, warum bist Du nicht so wie mein Urgroßvater und wie mein Großvater, warum bist du nicht so wie die Könige in den Märchen?"

– Bären beantworten keine Warum-Fragen. –

„Ich bewundere meinen Großvater und meinen Vater sehr, weiß, dass sie Großes für unser Land getan haben, bin aber selbst aus anderem Holz geschnitzt. Meine Interessen und meine Begabung liegen mehr in der Literatur, in den alten heiligen Schriften und in den Lehren der Philosophie. Du siehst mich oft in der kleinen Bibliothek meines Vaters sitzen und in seinen Büchern stöbern. Mein Sanskrit hat sich so weit gebessert, dass ich es gut lesen kann, denn die alten ehrwürdigen Schriften sind in Sanskrit geschrieben. Ganz besonders liebe ich die

Schrift DEVANAGARI, in der Sanskrit geschrieben wird, und es macht mir große Freude, diese Schrift selbst zu schreiben. Auch liebe ich es, wenn alte Rituale mit Sanskrit-Texten begleitet werden: Dieser wunderbare melodische Klang der ältesten Sprache, die wir kennen."

„Papa, warum hast du keine Frau?"

„Baloo, mein geliebter Sohn! Deine Mutter Dajeela und ich haben uns sehr geliebt, und sie ist durch einen Schlangenbiss gestorben. Wir alle waren sehr traurig und ich ganz besonders. Es hat mir das Herz gebrochen. Dajeela war für mich eine ganz besondere Frau, nicht irgendeine, und ich glaube, wir sind karmisch miteinander verbunden. Und sie ist deine Mutter." (Ich nehme nicht an, dass Baloo das Wort ‚karmisch' versteht.)

„Hast du ihr versprochen, keine andere Frau mehr zu lieben?"

Mich rührt der Donner. Ich antworte nicht.

„Papa, was ist Reinkarnation?"

„Wir haben schon oft darüber gesprochen. Wenn ein Mensch stirbt, geht seine Seele ins Jenseits ein, trifft sich dort mit seinen verstorbenen Freunden und mit seinen spirituellen Lehrern. Sie besprechen alles, was der Mensch in seinem vergangenen Leben gemacht hat und was er daraus gelernt hat. Richtig und Falsch gibt es dabei nicht; es gibt nur viel oder wenig gelernt. Die Dinge, die er im vergangenen Leben nicht gelernt hat, nimmt er sich vor, im nächsten Leben zu lernen. Gemeinsam mit den spirituellen Lehrern plant die Seele dann ihr nächstes Leben auf Erden, wo und unter welchen Umständen sie geboren werden will, und welchen Aufgaben sie sich stellen will.

Schlecht ist es, wenn die Seele im Jenseits diese Beratungen und Planungen verschläft; dann wird sie an irgendeinem Ort unter irgendwelchen Verhältnissen geboren, was ihrem Entwicklungs-Stand überhaupt nicht entsprechen mag. Wie der Philosoph mir sagte, kommen im Jenseits aber auch Irrtümer vor, dass z.B. eine Seele aus dem irdischen Leben abberufen wird, obwohl ihre Zeit noch gar nicht gekommen ist. Oder dass eine Seele unter Bedingungen wiedergeboren wird, die den besprochenen Plänen gar nicht gleichkommt. Dann begegnen uns Menschen, die sich im falschen Körper fühlen, sich zur falschen Zeit am falschen Ort spüren.

Nun gut. Nach ein paar Jahren wird dann die Seele in einem neuen Menschen wiedergeboren, d.h., die Seele hat jetzt ein neues Haus, in dem sie hier auf Erden leben und lernen kann. Der Mensch ist die Summe seiner Erfahrungen."

„Papa, wann gibt es endlich wieder Krieg?"

„Krieg ist etwas Schreckliches; viele Häuser werden zerstört, viele Menschen werden verletzt und viele Menschen sterben. Wir hoffen alle sehr, dass es keinen Krieg mehr geben wird."

„Aber warum bereiten wir uns alle so auf eine Krieg vor, als würde es bald wieder einen geben, und so, als ob wir uns darauf freuen würden?"

„Unser Land wurde zweimal von schrecklichen Banden aus dem Norden angegriffen, und beide Male konnten wir die Angreifer zurückschlagen; einmal unter Führung Deines Großvaters und einmal unter Führung deines Vaters. Wir können nicht wissen, ob und wann es einen neuen Angriff geben wird, denn diese Menschen sind uns völlig fremd und wir wissen nichts über sie. Doch wir wollen vorbereitet sein, und deine Tante, meine ältere Schwester, ist auch schon in der Vorbereitung eine wunderbare Führerin."

„Papa, wird meine Mama bald wiedergeboren?"

„Wir können es vermuten. Die Zeiten zwischen den irdischen Leben sind unterschiedlich lang, aber nach den allgemeinen Erfahrungen können es so zwischen zwei und vier Jahren sein."

„Papa, ich möchte sie wiederhaben. Wenn sie wiederkommt, kannst du sie dann wieder heiraten?"

„Mein Sohn, was geschehen wird, liegt im Ratschluss der Götter. – Che sarà, sarà. – Wir können nur versuchen, ein einfaches und bewusstes Leben zu führen."

*****

Meine jüngere Schwester wird schwanger, und sie und der Mahout bekommen ein Kind, ein Mädchen, und sie nennen es Dajeela. Die Kleine ist herzlich willkommen in der Familie meiner jüngeren Schwester, des Mahout, Baloo's und des Elefanten, und ebenso am Hofe. Alle begrüßen sie liebevoll, der Elefant begutachtet die neue Erdenbürgerin mit seinem Rüssel, und meine jüngere Schwester ist glücklich, nun wirklich ihre Familie und ihre Aufgabe gefunden zu haben.

Doch völlig verrückt ist BALOO, der die Kleine an sich nimmt, sie herzt und küsst und in den Armen wiegt und nicht mehr hergeben will. Er kümmert sich um sie, kleidet sie, legt sie trocken, singt sie in den Schlaf, nur stillen kann er sie nicht.

*****

102

Die Zeit schreitet voran, und ich bin sicher: Baloo, mein Sohn, wird dieses Mädchen Dajeela heiraten, wenn es 16 Jahre alt sein wird, und er wird mein Nachfolger werden.

– Und damit schließt sich der Kreis. –

---

26. Abschied

Die Flut hatte auch meine Jiaogulan-Pflanze hinweg gerissen, und so habe ich in unserer menschlichen Welt nur noch greifbar mein Goldkorn. Jedoch kann ich in der Meditation Kontakt mit meinem Bären und mit meinem Jiaogulan aufnehmen und erfahre, dass es an der Zeit sei, mein Leben neu einzurichten. Das entspricht ganz meinem eigenen Empfinden, ich sattle mein Pferd, welches schon vorher wusste, dass es bald losgehen werde, und reite los, ein wenig Geld in der Tasche.

Unsere erste Station ist der Philosoph, der mich wie ein Vater verabschiedet mit den Worten: „Ich verstehe dich, mein Sohn; werde glücklich und sei gut beschützt."

Sodann besuche ich die chinesische Familie, die mich mit großer Freude und vielen Worten begrüßt, doch noch hörbarer sind die Trommeln der Kinder, die ich ihnen geschenkt hatte. Doch schon nach einer Nacht heißt es Abschied nehmen, denn es erwartet mich ein anderes Ziel. Eltern und Kinder lasse ich enttäuscht zurück.

Als nächstes besuche ich die Fischer-Familie, bei der ich das Fischer-Handwerk erlernt und meine Dajeela wiedergefunden hatte, doch die Eltern erkennen mich nicht und die Tochter hat inzwischen geheiratet und sieht Dajeela überhaupt nicht ähnlich. Klein-Baloo ist nicht zu finden. Mein Pferd findet es hier auch nicht richtig, und enttäuscht reiten wir weiter.

Unsere nächste Station ist das Mausoleum. Ich mache mich so unkenntlich wie möglich, erweise meinem Vater meine Bewunderung und meine Dankbarkeit, und schaue mir noch einmal das Buch an, welches so viel bewirkte und uns so gut in der Not geholfen hat.

Schließlich wenden wir uns nach Westen und erreichen nach 4 Tagesritten das Meer. Ich hatte noch nie das Meer gesehen und verfalle in eine Art von Verzückung, als ich das Meer zum ersten Male sehe. Mich durchströmt ein Gefühl der Dankbarkeit, des Angekommen-Seins, des Eins-Seins mit allem. Ich knie nieder auf dem Sand und bete zu allen Göttern, weine, und bin einfach nur glücklich.

Dann setzte ich mich nieder, schaue auf das Meer, auf die Wellen, und erlebe so die Zeitlosigkeit.

Jeden Tag setze ich mich jetzt ans Meer mit seinen immer gleichen und immer unterschiedlichen Bewegungen, mit den brillanten Farben bei verschiedenem Sonnenlicht, mit den Wolken darüber und oft auch dem blauen Himmel, mit der Unendlichkeit im Augenblick. –

Eines Tages sitze ich wieder am Meer, da kommt ein Mann im Mönchsgewand auf mich zu und fragt in ruppigem Ton:

„Was machst Du da?"   „Ich schaue aufs Meer."

„Hast Du nichts Besseres zu tun? Du siehst jung und gesund aus. Kannst Du lesen und schreiben?"   „Ja."

104

„Dann komm mit, ich habe Arbeit für dich. Du kannst dein Pferd gleich mitnehmen, Pferde können wir immer gebrauchen."

Der Mönch führt mich in ein Kloster, dort in die Bibliothek und stellt mich einem älteren Herrn vor und spricht zu mir:

„Dies ist unser Schreiber; er ist alt. Wir kopieren hier alte heilige Schriften und Landkarten. Er wird dir zeigen, wie man Sanskrit in schöner Schrift schreibt. Es ist eine verantwortungsvolle Aufgabe, und ich hoffe, du wirst uns nicht enttäuschen."

Nun bin ich der Schreiber in einem fernen Kloster.

Wie konnte der Mönch wissen, dass ich so gerne die wundervollen Zeichen des Sanskrit schreibe?

– Magie ist überall in dieser Welt. –

Da hier weibliche Verführungen sich in Grenzen halten, da nichts weiter Berichtens-Wertes sich ereignet, und da mir noch genügend Zeit bleibt, schreibe ich jetzt meine Erinnerungen an mein bisheriges Leben auf.

Nach einigen Wochen bin ich genau an DIESER Stelle hier angekommen und schließe meinen Bericht jetzt ab. Ich werde alles in einer Flasche verschließen und meinen Bericht und die Flasche bei guter Strömung dem Meer anvertrauen.

Vielleicht findet sie einmal jemand, … vielleicht.

Adé.

———

Ende des Textes der Erzählung
„Satyendra, eine Erzählung von Liebe, Reinkarnation und Schamanismus"
von Joachim Felix Hornung

Spanische Version: „Satyendra, un relato de amor, reencarnación y chamanismo"

Es folgen vier Anlagen des Herausgebers.

Anlage 1. Zur Terminologie

Wir verwenden einige Fachbegriffe wie folgt, sind uns aber dessen bewusst, dass im Bereich von Metaphysik / Spiritualismus / Esoterik keine Übereinkunft über eine einheitliche Redeweise besteht.

Geistige Welt, auch das Jenseits, die Welt der Geister und Engel, die Welt der unsterblichen Seelen, die Welt der spirituellen Ratgeber, der aufgestiegenen Meister, falls es all das gibt. Die immaterielle Welt, die nicht mit naturwissenschaftlichen Methoden zu erforschen ist.

Reinkarnation = Erneute irdische Existenz einer unsterblichen Seele nach dem physischen Tode eines Menschen in einem Neugeborenen, falls es so etwas gibt. Näheres hierzu in Anlage 2: „Reinkarnation, gibt es die?"

Schamane = Praktizierender des Schamanismus bei traditionellen Naturvölkern, insbesondere in seiner Rolle als Heiler. Der Schamane ist ein Meister der Ekstase, d.h., er kann in einen Zustand der Trance eintreten, in welchem er die geistige, nicht-materielle Welt betritt, sich mit seinem Krafttier trifft oder sich in dieses verwandelt, um mit dessen Hilfe die Heilung anderer Menschen zu bewirken.

Schamanismus ist eine Form der Religion, des Verständnisses der Welt, insbesondere der geistigen Welt, die vor 10.000 Jahren in allen Erdteilen herrschte, bevor es die Götter-Religionen gab. Die Meister und Träger des Schamanismus waren die Schamanen, siehe oben. Die letzten Reste des echten Schamanismus gehen heute gerade verloren.

Seele = Unsterblicher Teil des Menschen, welcher den physischen Tod des Menschen überlebt, falls es das gibt.

Seelentausch statt Soul Replacement können wir nicht sagen, da dies einen gegenseitigen Austausch der Seelen in beiden Richtungen bedeuten würde.

Seelenwanderung wird in der Literatur in verschiedenen Bedeutungen verwendet: 1. gleichbedeutend mit Reinkarnation und Wiedergeburt; 2. Wiedergeburt der Seele eines Menschen in einem Tier oder umgekehrt. Ob es das gibt, ist seit Pythagoras umstritten; eine überraschende Lösung dieses Rätsels findet sich im Dialog in dem Büchlein „Ist Dhoaram ein Schamane?"

Soul Replacement (vorübergehend in Ermangelung eines passenden deutschen Wortes) = Übertritt der Seele eines Verstorbenen in den Körper eines Lebenden, wobei die dort vorhandene Seele verdrängt wird. Wo die verdrängte Seele bleibt, ist meist unbekannt. Die Erzählung „Satyendra, von Liebe, Reinkarnation und Schamanismus" gibt hierauf eine denkbare Antwort. Die am besten dokumentierten Fälle von Soul Replacement: Sobha Ram/Jasbir, Shiva/Sumitra und

Marja Liisa, finden sich bei Matlock, James [2017], s. Anlage 4.

Walk-in wird in der Literatur in verschiedenen Bedeutungen verwendet: 1. gleich wie Soul Replacement; 2. ähnlich wie Soul Replacement, jedoch Ersetzung der vorhandenen Seele eines lebenden Menschen durch die Seele eines Wesens, welches vorher auf der Sonne oder der Venus gelebt hat (klingt nicht gerade glaubhaft).

Wiedergeburt = Reinkarnation.

Anlage 2: Reinkarnation, gibt es die?

Viele Menschen wissen nicht, dass Reinkarnation tatsächlich existiert und mit hoher Zuverlässigkeit nachgewiesen ist. Im Jahre 1960 begann IAN STEVENSON in Indien die Erinnerungen von Kindern an ein früheres Leben nach streng wissenschaftlicher Vorgehensweise systematisch zu untersuchen. Er fand Beispiele, in denen die Erinnerungen der Kinder verifiziert werden konnten. d.h., es konnte die Familie der erinnerten, verstorbenen Person ausfindig gemacht werden und die von dem Kind geschilderten Eigenschaften, Ereignisse und Lebensumstände dieser Person bestätigt werden. Z.B. hatte das Kind richtig angegeben, verheiratet gewesen zu sein, zwei Kinder gehabt zu haben, Kraftfahrer gewesen zu sein und bei einem Auto-Unfall ums Leben gekommen zu sein. Überdies hatte das Kind die Namen aller Familien-Mitglieder richtig angegeben. Bei einem Orts-Termin erkennt das Kind alle Personen richtig, sowie Straßen, Änderungen am Haus usw.

Sehr wichtig ist die Feststellung der Forscher, dass das Kind all diese Informationen auf keine natürliche Art und Weise erhalten haben konnte. Da wären z.b. in Frage gekommen: Schilderungen eines Onkels, Berichte in der Zeitung oder im Radio, ein nicht bekannt gewordener Besuch bei jener Familie. Solche Möglichkeiten mussten mit Sicherheit ausgeschlossen sein.

Die Kinder beginnen, über ihr früheres Leben zu berichten, sobald sie sprechen können, also etwa ab 2 Jahren. Mit 4 bis 7 Jahren verlieren sich die Erinnerungen meist vollständig; Vorlieben, Abneigungen und Ängste können jedoch länger erhalten bleiben.

STEVENSON fand etliche gute Beispiele und dokumentiert sie auf das Sorgfältigste. Er legte 20 seiner besten Fälle in seinem Buch: „Twenty Cases Suggestive of Reincarnation" 1974/1995 nieder, zu Deutsch: „Reinkarnation – Der Mensch im Wandel von Tod und Wiedergeburt". Aurum 1976.

Eine Übersicht über diese grundlegende Arbeit findet man in „Leben wir nur einmal?" auf mutual-mente.com, Thema A: „Moderne Reinkarnations-Forschung". Zum Einstieg lese man dort die Fälle Shanti Devi, Parmod und William George.

Aus wissenschafts-methodischen Gründen ist es wichtig zu betonen, dass die Ergebnisse STEVENSON'S von anderen Forschern, die ähnlich arbeiteten wie er, bestätigt wurden.

STEVENSON ging es in erster Linie darum nachzuweisen, dass es Reinkarnation wirklich gibt. CAROL BOWMAN hingegen wollte wissen, ob solche Erinnerungen an frühere Leben auch in unserem Kulturkreis vorkommen, und sie wurde überraschend fündig, siehe BOWMAN, CAROL in Anlage 3.

Erinnerungen Erwachsener an frühere Leben können sehr selten bestätigt (verifiziert) werden, es gibt jedoch einige wenige bestätigte Fälle, siehe Psi-Encyclopedia. Es ist auffallend, dass in manchen vermeintlichen Erinnerungen an frühere Leben immer wieder dieselben Menschen auftreten, die man auch im jetzigen Leben kennt. Eine Denkmöglichkeit ist, dass es sich bei derartigen vermeintlichen Erinnerungen um traumhafte Inszenierungen aktueller Lebensprobleme handelt. – Sehr seltsam ist es, das viele Menschen sich an ein früheres Leben im alten Ägypten zu erinnern glauben.

Zum **Soul Replacement** siehe Anlage 1.

Anlage 3. **Einführende Literatur**

zur **modernen Reinkarnationsforschung**

BOWMAN, Carol [2001]: "Return from Heaven – Beloved Relatives Reincarnated within Your Family". HarperCollins. „Ich werde wieder bei dir sein". AMRA, Hanau, 2016

BOWMAN, Carol: „Dr. IAN STEVENSON, Radical Scientist" in https://www.carolbowman.com/dr-ian-stevenson/

HASSLER, Dieter: „Überlebensforschung" www.reinkarnation.de

HORNUNG, Joachim Felix: „Leben wir nur einmal?" https://www.mutual-mente.com/leben-wir-nur-einmal-reencarnaci%C3%B3n/

MATLOCK, James [2017]: siehe "Replacement Reincarnation" und „Xenoglossy in Reincarnation Cases" in: "PSI Encyclopedia".

STEVENSON, Ian [1974]: "Twenty Cases Suggestive of Reincarnation", University Press of Virginia, 2nd Edition [1974 / 1995]. • „Reinkarnation – Der Mensch im Wandel von Tod und Wiedergeburt". Aurum 1976; Das Standardwerk, welches man gelesen haben muss, wenn man sich ein Urteil bilden will. Kurzfassung und Kommentare in www.mutualmente.com.

WHITTON, Joel L. & **FISHER**, Joe [1986]: "Life between Life". Warner Books [1986] 1995 „Das Leben zwischen den Leben". Goldmann [1989].

ZANDER, Helmut [1999]: „Geschichte der Seelenwanderung in Europa". Primus-Vg.

Anlage 4. Einführende **Literatur**

zum **Schamanismus**

Erläuterung ‚Schamane' und ‚Schamanismus' in Anlage 1.

ELIADE, Mircea [1951]: „Schamanismus und archaische Ekstase-Technik". Suhrkamp

HARNER, Michael [1999]: „Der Weg des Schamanen", Heyne

HORNUNG, Joachim Felix: Dialog zu den Erzählungen: „Dhoaram der Seher" und „Satyendra, von Liebe, Reinkarnation und Schamanismus" Verlag BoD Norderstedt; im Buchhandel

HORNUNG, Joachim Felix [2021]: „Ist Dhoaram ein Schamane?" 1. Buch: „Dhoaram, der Seher". Hier insbesondere Kapitel 11 und 12, die eine traditionelle schamanische Einweihung eindrücklich schildern. Verlag BoD Norderstedt, im Erscheinen, dann im Buchhandel.

Rumi in: André Al Habib [2014]: „Sufismus - Das mystische Herz des Islam", Verlag H.J. Maurer

---

Disclaimer

Dieser Text ersetzt keinen ärztlichen oder juristischen Rat. Alle Angaben sind ohne jede Gewähr. Aus diesem Text sind keinerlei Rechtsansprüche herleitbar.

Für die Inhalte externer Links bin ich nicht verantwortlich. Ich stehe mit dem Thema in keinerlei Interessenkonflikt.

Der Text ist unter Quellenangabe beliebig verwendbar, beachte jedoch bitte die Urheberrechte der zitierten Quellen.

Joachim Felix Hornung, joachimhornung(.)gmx(.)de